KB057892

시를
읽는
즐거움

시를
읽는
즐거움

이윤옥 지음 ✻ 김선두 그림

문이당

내 정신의 고향
未白 이청준 선생님께

"시와 그림이 나누는 행복한 대화"

시를 읽고 그림을 보고 음악을 듣는 예술 체험의 핵심은 즐거움과 깨우침이다. 우리는 시를 읽을 때 일상 언어를 잠시 떠난다. 그래서 시를 읽는 즐거움은 무엇보다 특별한 언어 사용에서 얻어진다. 삶에 대한 깨우침이 언어를 별나게 쓰는 즐거움보다 앞설 수 없다. 사실 언어를 제대로 별나게 쓰면 삶은 새롭게 다가올 수밖에 없다.

일상 언어는 의사소통과 정보 전달과 감정 표현을 위한 기능적인 것이다. 그런 일상 언어를 비틀면 세상에 금이 가고 투명했던 기존 가치, 관례, 세계관이 불투명해진다. 불투명한 세상 속에서 삶은 알 수 없고 모호해진다. 그 삶을 어떻게 일상 언어가 드러낼 수 있겠는가.

시를 읽는 사람은 언어를 일상이 아닌 다른 차원에서 체험한다. 시를 읽은 후, 그 사람에게 눈에 띄는 변화가 없어도 괜찮다. 예술 체험을 통해 낯선 삶에 대해 회의했던 사람과 그렇지 않은 사람은 본질적으로 다르다.

잘 알려진 작품이 다 좋지는 않아도 좋은 경우가 많다. 그렇지만 나는 내 취향에 따라 자유롭게 시를 고르고 읽었다. 전문 시인이 아닌 화가가 쓴 시도 읽고, 서로 다른 시인이 같은 상상력에서 출발해 쓴 시를 나란히 놓고 읽기도 하고, 시 전체가 아니라 한 연⠀을 집중적으로 읽기도 했다. 어떤 작품에서 특정 연을 분리해서 읽는 것은 위험할 수 있다. 한 편의 시는 단어, 행, 연 등이 유기적으로 얽힌 것이기 때문이다. 하지만 이런 시 읽기도 한 번쯤 용서받을 수 있었으면 좋겠다.

많은 사람들이 시는 어렵다는 풍문을 진실처럼 여긴다. 글을 쓰면서 그런 생각을 부추기지 않으려고 애썼다. 그래서 가끔 시의 이해에 도움이 되는 기초 이론을 덧붙였지만 건너뛰어도 괜찮다.

『시를 읽는 즐거움』에는 그에 못지않은 다른 큰 즐거움이 있다.

김선두 화백은 그림을 그리는 틈틈이 시를 쓰고, 자작시를 그림으로 그리기도 한다. 그가 그린 그림에는 시가, 그가 쓴 시에는 그림이 들어 있다. 그림을 쓰고 시를 그리는 김 선두 화백은 시와 그림이 얼마나 가까운지 잘 알고 있다. 언어가 그린 그림詩을 읽고 그가 그린 그림은 흔히 말하는 삽화가 아니다. 눈 밝은 독자는『시를 읽는 즐거움』에서 볼 것이다. 시와 그림이 나누는 행복한 대화를.

　　우리의 삶이 시와 그림이 주고받는 대화처럼 참되고 따뜻했으면 좋겠다.

2007년 9월

이　윤　옥

차례　시를 읽는 즐거움

작가의 말 "시와 그림이 나누는 행복한 대화"

이 하루도 함께 지났다는 안도감

묵화

_김종삼의 「묵화(墨畵)」

물먹는 소 목덜미에

할머니 손이 얹혀졌다.

이 하루도

함께 지났다고,

서로 발잔등이 부었다고,

서로 적막하다고,

나는 김종삼이 좋다. 「묵화」 때문에 좋다. 그의 시는 짧아도 길고 간결해도 복잡하다. 짧고 간결한 것은 김종삼의 시요, 길고 복잡한 것은 시를 읽은 독자의 심회心懷다. 그의 시가 이끄는 대로 가다 보면 생각은 길지만 늘어지지 않고 복잡하지만 어지럽지 않다. 모를 것이 없는 맑고 단순한 그림이 이상하게 층이 많아 두껍다. 이런 시를 쓰는 시인은 흔하지 않다. 「묵화」를 읽을 때는 말이 필요 없다. 어떤 말도 군말이다. 그래도 나는 아주 조금, 말을 하련다.

「묵화」는 마침표로 끝나는 한 문장1~2행과 쉼표로 이어지는 다른 한 문장3~6행으로 된 짧은 시다. 행위는 끝나고 대화는 진행 중이다. 소 목덜미에 할머니 손이 얹히면서 일방적인 독백이 아니라 대화가 시작된다. '함께', '서로'로 시작되는 4, 5, 6행이 그것을 분명히 보여 준다. 가축과 사람 사이의 말 없는, 말이 필요 없는 대화는 살아 있는 존재들이 나누는 마음과 마음의 소통이다.

할머니처럼 소도 늙었을 것이다. 그들은 지금까지 그랬던 것처럼 서로에게 의지하며 하루를 또 무사히 살아 냈다. 이 하루도 함께 지났다는 안도감.

오늘도 그들은 잠시 앉아서 쉴 틈도 없이 고단한 하루를 보냈다. 이제 겨우 소는 물을 마시고 할머니는 소의 목덜미를 쓰다듬는다. 서로 발잔등이 부었다는 이심전심以心傳心은 서로에 대한 요란하지 않은 측은지심惻隱之心이다.

할머니와 소에게 다른 식구는 없다. 사람은 기르는 동물과, 동물은 사람과 대화할 수밖에 없다. 서로 적막하다는 외로움. 그 외로움은 과거지났다, 부었다가 될 수 없다.

「묵화」에는 할머니의 인생이 고스란히 담겨 있다. 고단한 삶의 시간을 오래 함께 견뎌 온 생명들에게는 종과 언어를 초월한 소통이 가능하리라. 그들을 그릴 수 있는 것은 검은 한 몸에 삶의 오방색을 다 지닌 묵墨이겠지. 그들이 있는 그림에는 여백이 많다. 그 그림을 바라보는 나는, 사는 게 무엇인지, 가슴이 먹먹하다.

죽껏다씨펄. 정순아보고자퍼서죽

토막말

시펄. 정순아보고자퍼서 죽껏다씨펄.

토막말 _정양의 「토막말」

가을 바닷가에

누가 써놓고 간 말

썰물진 모래밭에 한줄로 쓴 말

글자가 모두 대문짝만씩해서

하늘에서 읽기가 더 수월할 것 같다

정순아보고자퍼서죽껏다씨펄.

씨펄 근처에 도장 찍힌 발자국이 어지럽다

하늘더러 읽어달라고 이렇게 크게 썼는가

무슨 막말이 이렇게 대책도 없이 아름다운가

손등에 얼음 조각을 녹이며 견디던

시리디시린 통증이 문득 몸에 감긴다

둘러보아도 아무도 없는 가을 바다

저만치서 무식한 밀물이 번득이며 온다

바다는 춥고 토막말이 몸에 저리다

얼음 조각처럼 사라질 토막말을

저녁놀이 진저리치며 새겨 읽는다

1.

소설의 탄생 기원에 대해서 분명한 것은 없다. 서구에는 그리스 시대 풍자 문학에서 탄생했다는 설과 산업 사회가 대두되면서 탄생했다는 설 등 몇 가지 소설 기원론이 있다. 그중 산업 자본 사회가 소설의 모태라는 설이 가장 광범위한 지지를 얻는데, 그 이유는 소설만큼 식성이 좋은 장르가 없기 때문이다. 소설은 다른 문학 장르를, 독자층을 포함해 모조리 먹어 치울 만큼 대식가다. 소설이 다루지 못할 소재나 주제는 없고 소설 속에 포함되지 못할 장르는 없다. 세상에서 실제 일어나거나 상상할 수 있는 온갖 사악하고 끔찍한 일부터 가장 숭고하고 아름다운 일까지 형식과 제약을 넘어 자유롭게 모두 소설이 될 수 있다. 그래서 사람들은 세상에 없을 것 같은 지극한 사랑 이야기나 믿지 못할 황당한 이야기를 들었을 때, '소설 같다', '소설 쓰고 있다'고 말한다.

그렇다면 시는 어떤가. 이제 시도 사정이 별반 다르지 않다. 시에서 다루지 못할 것은 없는 것 같다. 그만큼 문학어 중에서 가장 정제된 언어라는 시어의 경계도 허물어졌다.

급한 김에

화단 한구석에 바지춤을 내린다

힘없이 떨어지는 오줌발 앞에

꽃 한 송이 아름답게 웃고 있다

꽃은 필시 나무의 성기일시 분명한데

꽃도 내 그것을 보고 아름답다 할까

나는 나무의 그것을 꽃이라 부르고

꽃은 나를 좆이라 부른다

  — 복효근, 「꽃 앞에서 바지춤을 내리고 묻다」

'좆' 같은 비어, 은어, 속어 등이 모두 시어가 될 수 있다. 더
구나 다른 말로 대체 불가능하게 쓰였다면 그것은 훌륭히 잘
쓰인 시어다. 물론 그렇지 않은 경우도 많다. 판단은 독자가
할 일이다. 잘 쓰인 경우에는 비속어도 다른 시어를 대할 때의
자세로 다루어야 한다. 적재적소에 놓인 시어가 그렇듯 그것
이 빠지거나 대체되면 시 전체가 무너지기 때문이다. 시인은

당연히 자국어의 정제와 세련에 힘써야 하지만 우아하고 고상한 시어만 시를 시답게 하는 것은 아니다. 한 편의 시가 주는 세계에 대한 새로운 이해와 감동은 잘 짜인 전체에서 온다.

시어를 포함해 문학어의 목적은 정보 전달이 아니다. 반면 문학어의 대척점에 있는 과학적 언어는 분명한 정보 전달을 지향한다. 그래서 과학적 언어에서 가장 중요한 것은 개념의 정확성이다. 의미의 이중성이나 다중성은 개념을 모호하게 한다. 개념의 정확성은 대상과 대상을 지칭하는 언어가 1 대 1의 대응 관계에 있을 때 효과적으로 얻어진다. 또한 동일한 개념을 전달할 수 있다면 대상을 지칭하는 언어는 얼마든지 다른 것으로 대체 가능하다. 과학적 언어에서는 '하나 더하기 하나는 둘이다'와 '일 더하기 일은 이', '1＋1＝2'가 본질적으로 같지만 문학어에서는 다 다르다. 문학어는 개념 지시적 언어가 아니기 때문이다. 문학어는 표현 대상과 1 대 1의 대응 관계가 아니라 복합적인 관계를 맺는다. 문학어에서는 다중 의미가 긍정적으로 여겨지는 경우가 종종 있다. 욕도 마찬가지다. 예컨대 사소한 다툼 끝에 사랑하는 연인이 내뱉은 '바보'를 생각해 보자. '바보'의 사전적 의미, 즉 과학적 언어의 의미는 '멍청하고 어리석은 사람을 얕잡아 부르는 말'이다. 하지만 연인의 '바보'에는 얼마나 많은 복잡 미묘한 의미가 있는가. 문학어는 바로 연인이 연인을 지칭하는 '바보'와 같다.

2.

「토막말」은 금기의 언어에 대한 시다. 금기의 언어하면 떠오르는 유명한 설화가 있다. '임금님 귀는 당나귀 귀'로 통칭되는 이 설화는 동서양에서 고루 발견된다. 그중 가장 유명하고 오래된 것이 미다스에 관한 설화다. 프리지아 왕 미다스는 음악 경연에서 아폴론의 편을 들지 않아서 귀가 당나귀 귀로 변했다. 그 사실을 알고 있는 사람은 왕의 이발사 한 사람뿐이었는데, 왕은 이발사에게 비밀을 지키지 않으면 죽이겠다고 말한다. 그런데 왕의 비밀을 말하고 싶어 견딜 수 없게 된 이발사는 들판에 나가 갈대밭에 구덩이를 파고 이렇게 말한다. '임금님 귀는 당나귀 귀.' 구덩이에 흙을 덮고 집에 돌아온 이발사는 비밀이 다시 영원히 묻혔다고 믿으며 편히 잠이 든다. 비밀은 묻혔을까? 구덩이가 있는 들판의 갈대는 바람이 불 때마다 흔들리며 '임금님 귀는 당나귀 귀'라고 말한다. 우리나라에도 이와 유사한 설화가 『삼국유사』 권2 「경문대왕」 편에 나온다.

왕이 즉위하자 그의 귀가 갑자기 노새 귀처럼 길어졌다. 왕후와 대궐에서 일 보는 사람들은 아무도 이것을 몰라보았으나 오직 두건 만드는 재인바치幞頭匠 한 사람만이 알아보았다. 그러나 그는 평생 다른 사람에게 이런 이야기를 않다가 그가 죽을 당시에 도림사道林寺 대숲 속에 들어가 아무도 없는 곳에서 대를 향하여 외치기를, "우리 임금 귀가 노새 귀 같네!"라고 하였다. 그후에 바람이 불 때면 대가 소리를 내어 "우리 임금 귀가 노새 귀 같네!" 하였다.

『사진과 함께 읽는 삼국유사』, 일연, 리상호 옮김, 강운구 사진, 까치, 1999, p.178.

미다스왕의 이발사나 경문왕의 재인바치는 모두 왕의 비밀을 발설할 경우 죽게 된다. 하지만 죽음과 맞닿아 있는 금기의 언어를 가슴에 넣어 둔 사람들은 그것을 말하고 싶어서 죽을 지경이다. 말해도 말하지 않아도 죽을 수밖에 없는 그들은 살기 위해서 사람이 아니라 자연에게 말한다. 그때 그들의 말

24

은 일반적인 말이 아니다.

「토막말」에서도 사정은 마찬가지다. 단지 금기의 대상이 권력이 아니라 사랑일 뿐이다. 여기, 절대로 발언해서는 안 되는 금기의 언어가 있다. 그런데 그 언어는 또 다른 방향에서 주체의 죽고 사는 문제와 직결되어 있다. 말하면 죽는 언어를 가슴에 묻어 둔 주체는 말하지 않으면 죽을 것 같고, 정말 죽을 수도 있다. 주체가 살려면 금기를 지키며 말해야 한다. 정순이가 보고 싶어 죽겠는 사람은 미다스왕의 이발사나 경문왕의 재인바치처럼 자연에 대고 토막말을 터뜨린 덕에 정순이를 보지 못해도 죽지 않고 살 것이다.

3.

처음에 아무 생각 없이 종이 위에 인쇄된 글자들의 조합으로 이 시를 보면 띄어쓰기도 없이 굵은 글씨로 된 한 줄이 눈에 확 들어온다. 독자는 무심코 그 글씨들을 읽다가 끝에 쓰인 막말 때문에 깜짝 놀란다. 이것이 시란 말인가. 우리는 의문을 품고 「토막말」을 처음부터 차근차근 읽은 뒤, 한 행이 그대로 한 연이 된 그 줄을 다시 보게 된다. 그리고…… 진저리

친다. 우리 눈과 가슴에 새겨진 그 막말이 너무 대책 없이 아름다워서. 인쇄된 글자들을 내려다보는 우리가 하늘 같아서. 하늘이 대체 뭐란 말인가.

읽고 저절로 다시 보게 되는 시는 좋은 시다. 「토막말」을 다시 읽을 때 처음보다 더 크게 눈에 들어오는 2연, 토막말부터 읽어 보자.

정순아보고자퍼서죽껏다씨펄.

토막말은 평지에 돌출된 돌부리, 부조 같은 것이다. 토막말은 억압된 욕망과 그로 인한 고통의 해방구다. 표제 「토막말」은 하나의 덩어리에서 탁, 끊어져 나온 말, 비명처럼 내뱉은 말이다. 그 하나의 덩어리가 여기서는 사연 많은 사랑 이야기, 금지된 사랑 이야기이다. 그것은 이성의 힘이 가진 무게가 누르는 억압을 견디다 못해 터져 나온 말이다. 앞뒤가 끊어진 토막말은 외마디 비명이며 '죽껏으니' 살려 달라는 외침이다.

토막말을 터뜨린 사람이 살 수 있었던 것은 무엇보다 그 말이 가진 진정성 덕분이다. 이 시에서 토막말은 먼저 ❶ 정순아보고자퍼서죽껏다씨펄.과 그 토막말 중의 토막말인 ❷ 씨펄.
을 의미하는데 그중 강한 것은 막말인 씨펄이다. 막말은 역설
적으로 그 거칠음 때문에 대체 불가능한 진정성을 갖는다. 우
리는 일상에서 흔히 '배고파 죽겠다', '아파 죽겠다', 따위의 '죽
겠다'는 표현을 한다. 그때 '죽겠다'의 의미는 진짜 죽겠다는
것이 아니라 욕망이나 고통 등 주체가 처한 상황을 과장하는
의미만 있을 뿐이다. 하지만 이 시에서는 막말인 '씨펄'로 인해
'죽껏다'가 과장이나 엄살이 아니라 진정성으로 다가온다.

　욕은 벌거숭이 말이다. 욕은 말하는 사람의 격과 품위가 깨
지면서 폭발한 말로 원초적인 삶을 드러낸다. 욕은 현실 원칙
에 억눌린 쾌락 원칙의 배설이다. 막된 욕이 오히려 마음을
정화하고 지나치게 편향된 정서를 제자리로 돌려놓는 기능을
한다. 그래서 욕을 심리적 설사라고도 한다.

　욕 중에서도 상욕은 시에 어울리지 않는 비시적 언어이다.
그런데 「토막말」의 가장 빛나는 부분이 그런 욕이다. 이 시에
서 욕은 맞춤법도 틀리게, 입말 그대로 쓴 남도 사투리에 잘
어울린다. 표준어와 다른, 욕과 사투리는 비유나 운율 등의
시적 요소의 측면에서 볼 때 근친성을 갖기도 한다.

이 시에서 욕은 견딜 수 없는 세상, 부조리한 삶에 대한 주체의 절규라고 할 수 있다. 그것은 길고 치열한 고통의 한가운데서 터져 나온 절규다. 그것은 이성이 지배하는 모든 절제와 성찰을 넘어서는 직정直情의 분출로, 다른 어떤 말도 대신할 수 없는 말이다. 그래서 '씨펄'은 말의 경계를 넘는다. 우리는 말이 아닌 말을 일반적인 말의 해독 방식으로는 이해할 수 없다. 욕토막말은 얼음 조각이 박히듯 우리 몸 전체에 박혀 즉각적으로 생생하게 흡수되고 이해된다.

2연의 의미는 무엇보다 '사랑한다', '보고 싶다'이다. 그러나 이 토막말은 다중 의미를 지닌다. 보고 싶지만 볼 수 없고, 말하고 싶지만 말할 수 없는 사랑과 하늘에 가 닿을 만큼 사무친 그리움은 물론 그것을 이를 악물고 견디는 고통까지 모두 포함한다. 물론 막말이 없었다면 사랑과 그리움과 고통이 훨씬 약화되었을 것이다.

4.
가을 바닷가에
누가 써놓고 간 말

썰물진 모래밭에 한줄로 쓴 말

글자가 모두 대문짝만씩해서

하늘에서 읽기가 더 수월할 것 같다

　1연은 사실의 진술이다. 모래밭에 글자가 써 있는 바닷가의 흔한 정경을 보여 준다. 독자는 시적 화자를 따라 철 지난 바닷가의 텅 빈 모래밭에 쓰인 말을 아무 저항감 없이 읽는다. '하늘에서 읽기가 더 수월할 것 같다'는 표현 역시 아직은 지상에서 읽기에 글자가 너무 크다는 단순한 묘사에 그친다. 그런데 이 1연 5행이 3연으로 이어질 때가 되면 그 의미는 확장된다. 어쨌든 지금 우리는 1연에서 처음부터 지워질 운명의 말을 만난다. 썰물 진 모래밭에 쓴 말은 밀물이 오면 사라질 말로 한시적인 드러남을 보여 준다.

　2연은 1연에서 묘사된 말을 화자가 읽고 있는 행위를 그대로 옮겨 놓은 것이다. 화자가 눈에 보이는 대로 읽고 있기 때문에 그 글자들은 다른 시행의 글자들보다 크다. 글자의 크기 자체가 묘사를 뒷받침하는 것이다. 화자는 아직 그 글자들의 의미를 해석하지 않은 상태, 새겨 읽지 않은 상태이다. 이처

럼 2연에서 기계적인 읽기를 끝낸 화자는 다음 3연의 첫 행에
서도 사실적인 묘사를 이어 간다. 그런데 그 사실적 묘사가
화자와 화자를 따라 글자를 읽던 독자를 흔든다.

씨펄 근처에 도장 찍힌 발자국이 어지럽다
하늘더러 읽어달라고 이렇게 크게 썼는가
무슨 막말이 이렇게 대책도 없이 아름다운가
손등에 얼음 조각을 녹이며 견디던
시리디시린 통증이 문득 몸에 감긴다

막말은 글자 그대로 막다른 말이다. 그 말은 더 이상 도망
갈 데가 없는 상태, 말로는 표현 불가능한 상태를 표현하는
말이다. 그래서 막말을 뱉어 낸 사람은 이제 아무 말도 할 수
없다. 그저 그 말 곁을 맴돌 수밖에. 막말 근처에 도장 찍힌
어지러운 발자국은 마지막 말을 토해 낸 그의 마음 상태다.
화자에게 가장 큰 변화와 흔들림은 3연의 2행, '하늘더러 읽
어달라고 이렇게 크게 썼는가'에서 일어난다. 그곳은 1연에서
그저 글자의 크기 정도를 말하기 위해 썼던 '하늘'에 대한 깨

달음이 일어나는 부분이다. 정말 하늘더러 읽어 달라는 말이었구나. 토막말은 사람에게 한 말이 아니다. 그것은 하늘에게 행한 지극한 고백이다. 살려 달라는 외침이다. 3연 2행은 깨달음이고 3행은 깨달음에 이은 막말에 대한 화자의 가치 평가다. 막말이 대책도 없이 아름답다는 가치 평가로 풍경이 바뀐다. 지금까지 객관적인 관찰자이던 화자는 감정 이입과 함께 적극적으로 풍경에 개입한다. 외부 풍경이 그의 개인 정서와 생각에 녹아든다.

막말에 대한 가치 평가가 없었다면 손등에 얼음 조각을 녹이며 견디던 누군가의 통증이 문득 화자의 몸에 감길 리 없다. 토막말은 얼음 조각이다. 그것은 힘든 사랑의 비유다. 그래서 가슴에 토막말을 담고 견디던 아픔은 시리디시린 통증이다. 드러낼 수 없는 사랑은 그리움이 주는 죽을 지경의 고통 때문에 타오르는 열기 대신 얼음 조각에 비유된다.

둘러보아도 아무도 없는 가을 바다
저만치서 무식한 밀물이 번득이며 온다
바다는 춥고 토막말이 몸에 저리다

얼음 조각처럼 사라질 토막말을

저녁놀이 진저리치며 새겨 읽는다

4연의 풍경은 완전히 화자의 눈으로 본 풍경, 내면 정서가 투영된 풍경, 서정이 된 풍경이다. 그래서 대책 없이 아름다운 사랑을 지워 없애는 밀물은 무식하다. '무식한'은 시적 화자가 생각하는 밀물이다. 밀물이든 썰물이든 바다는 가치중립적이다. 그런데도 화자는 썰물이 드러낸 사랑, 삶의 진정성을 없애 버리는 밀물을 무식하다고 표현한다. 공감이나 소통은 기대할 수 없이 아름다운 막말을 지워 버리는 밀물은 폭력적이다. '번득이는'은 밀물의 폭력성을 잘 보여 준다.

토막말은 얼음 조각이고 얼음 조각은 대책 없이 힘든 사랑의 비유라고 했다. 그 사랑은 다 녹아 형체도 없이 사라질 때까지 그냥 온몸으로 견뎌야 하는 사랑이다. 토막말은 얼음 조각이어서 몸에 저리고 또 사라지고 말 것이다. 하지만 사라지는 토막말은 통증으로 남는다. 손등에서 녹아 사라지는 토막말은 시린 통증으로 몸에 감기고, 밀물이 지우는 모래밭의 토막말은 저녁놀이 진저리치며 새겨 읽는다. 하늘의 일부인 저녁놀은 1, 3연의 하늘과 같은 의미를 지닌다. 하늘에 퍼진 노을의 색과 형상에 연결되는 '진저리치며'는 토막말을 새겨 읽은 하늘이 그 통증을 가슴에 사무쳐 하는 것으로 이해된다. '임금님 귀는 당나귀 귀'에서처럼 금기의 언어는 그 언어를 토해 낸 사람이 사라져도 자연이 새겨듣고 자연이 재생산한다. 갈대와 대숲의 자리를 「토막말」에서는 저녁놀_{하늘}이 대신한다. 자기 몸을 움직여 들은 말을 뱉어 내는 설화 속의 식물들과 달리 노을은 움직일 수도 말을 할 수도 없다. 애초 설화의 주인공들은 직접 금기의 언어를 발설했지만 토막말의 주인공은 말하지 않고 글자로 썼기 때문에 보고 읽을 수밖에 없다. 그 토막말을 노을이 보고 가슴에 새기듯 화자와 화자를 따라 우리도 눈으로 보고 가슴에 새긴다. 「토막말」을 다 읽고 난 우리는 저녁놀처럼 몸이 저려 진저리 친다.

이 시의 핵심은 지독한 막말의 아름다움에 있다. 손등에 얼음 조각을 녹이며 견디던 시리디시린 통증, 막말은 대책도 없이 아름답다. 그것은 지극至極이다.

003 호수

_정지용의 「호수(湖水)」

얼굴 하나야

손바닥 둘로

폭 가리지만

보고 싶은 마음

湖水만 하니

눈 감을 밖에

얼굴은 손바닥 둘로 가릴 수
있지만 마음은 그럴 수 없다

「호수」의 시적 화자에게는 가리고 싶은 것이 둘 있다. 이 시에서 '가리다'와 '감다'는 같은 의미를 지닌다. 거기에는 무엇인가 감추고 숨기고 덮으려는 의지가 들어 있다. 화자가 가리고 싶은 것은 얼굴과 마음이다. 얼굴은 손바닥 둘로 가릴 수 있지만 마음은 그럴 수 없다. 그 마음이 호수처럼 크고 깊은 그리움이고 사랑이기 때문이다.

「호수」는 무엇보다 음률과 이미지가 살아 있다. 그 덕에 한두 번 읽으면 저절로 외워진다. '보고 싶은 마음'만 빼면 모든 시행이 다섯 자로 이루어졌다. 글자를 눈으로 그냥 보기만 해도 '보고 싶은 마음'이 길어서 크다.

우리는 「호수」를 읽고 고개를 끄덕이게 된다. 사랑에 빠진 사람이라면 화자처럼 손바닥으로 얼굴을 가려 보거나 눈을 감기도 하겠다. 우리가 복잡한 사고의 과정을 거치지 않고 이 짧은 시를 받아들이는 이유는 무엇일까?

화자는 손바닥으로 얼굴을 가리듯 눈으로 마음을 덮는다. 눈을 감으면 눈이 가려지고 눈이 가려지면 마음도 가려진다. 어떻게? '눈은 마음의 창', '호수 같은 눈' 등 마음과 눈에 대한 일상의 익숙한 비유가, 모르는 새 우리의 상상력을 움직였기 때문이다. 그래서 우리는 호수만 한 마음이 눈을 감는 행위 하나로 가려졌다고 생각한다.

사랑을 아무에게도 들키고 싶지 않을 때, 부끄러워 자신에게조차 감추고 싶을 때, 보고 싶은 마음이 너무 커 감당하기 힘들 때, 그럴 때는 눈을 감자. 맑고 깊은 호숫물이 눈물로 차고 넘치기 전에.

서리

겨울 찬 하늘 한 켜 살껍질을 누가 벗겼나

어느 영혼이 지난밤 꽃살문 같은 꿈을 꾸었나

갓 바른 문풍지 같고 공기로만 빚은 동천産 첫물

사락사락 조리로 쌀을 이는 소리가 난다

'서리' 하면 무엇이 떠오르는가. 서리는 따뜻하지 않다. '오 뉴월에도 서리가 내린다'는 말은 역설적이게 그 서리를 내리게 만든 '한恨'이 얼마나 매섭고 찬지를 말해 준다. 서리는 차다. 그런데 여기 따뜻한 서리가 있다.

우리는 한 편의 시를 읽고 난 후의 지배적인 느낌을 하나의 형용사로 나타내곤 한다. 이때 문태준의 「서리」의 느낌은 따뜻하다. 그 따뜻함은 투명하게 맑고 포근한 따뜻함이다. 포근하고 따뜻한 서리가 독자에게 어색할 법도 한데 전혀 그렇지 않다. 어떻게 그런 느낌이 드는지, 어느 겨울 아침에 내린 서리를 노래한 이 시의 표면적인 의미망을 따라가 보자.

겨울 찬 하늘 한 켜 살껍질을 누가 벗겼나
어느 영혼이 지난밤 꽃살문 같은 꿈을 꾸었나

서리는 겨울 찬 하늘의 살껍질이 벗겨져 땅에 내린 것이다. 그런데 시적 화자는 그 껍질을 '누가' 벗겼을까, 의문을 갖는다. 첫 행에서 화자가 의문으로 제시한 '누가'는 다음 행의 '어느'로 연결되는데, 우리가 유의할 것은 누군가 살껍질을 벗겼다는 표현이다. 이 표현은 「서리」의 내면적 의미망에서 누군가 어떤 사람의 살껍질을, 더 나아가 옷을 벗겼다,로 읽힌다. 살껍질을 벗기면 드러나는 것은 살 속, 속살이다. 어쨌든 지금 서리는 누군가 벗긴 살껍질이며 어느 영혼이 지난밤 꾼 꽃살문 같은 꿈이다. 아, 그러니까 누군가 어떤 사람의 옷을 벗긴 것은 지난밤이고, 옷이 벗겨져 속살이 드러난 사람은 지난밤 꽃살문 같은 꿈을 꾸었다. 일차적으로 서리의 형태를 연상시키는 꽃살문의 비유가 다음 행의 '갓 바른 문풍지'라는 비유를 낳는다.

갓 바른 문풍지 같고 공기로만 빚은 동천産 첫물
사락사락 조리로 쌀을 이는 소리가 난다

서리가 갓 바른 문풍지 같다는 3행의 비유는 이 시에서 가장 느닷없는 비유로 읽힌다. 그만큼 의미의 비약과 확산이 일어나는 부분이다. 하지만 2행의 꽃살문 덕으로 독자는 이 비유를 저항 없이 읽는다. 오래되어 너덜너덜한 문풍지가 꽃살문에 어울리겠는가. 꽃살문의 갓 바른 문풍지, 그 '갓 바른 문풍지'가 이번에는 '첫'과 '공기'를 불러와 공기로만 빚은 동천산 첫물을 낳고, 첫물은 다시 쌀을 씻는 물로 연결돼 마침내 서리에서 조리로 쌀을 이는 소리가 난다. 유사성에 근거한 어떤 유추의 과정도 없이 겨울 아침에 내린 서리가 생생한 청각 이미지로 바뀌는 것이다. 서리를 소리로 표현한다면 어쩐지 이 표현이 적확할 것 같다. 어쩐지라고 막연하게 말했지만, 지금까지 살펴본 대로 「서리」의 시어는 매우 유기적으로 연결되어 있다. 누군가 벗겨 낸 겨울 찬 하늘의 살껍질인 서리는 어느 영혼이 꾼 꽃살문 같은 꿈이고, 그런가 하면 그 꽃살문에 갓 바른 문풍지 같고 공기로만 빚은 동천산 첫물이기도 하다. 그래서 '서리'는 조리로 사락사락 쌀을 이는 소리다. 서리, 조리, 소리.

문풍지를 갓 바른 꽃살문 안에서 꾸는 꿈은 어떤 꿈일까. 그 방 안에는 누가 잘까. 공기로 빚은 첫물로 아침에 쌀을 이는 그이는 누구일까. 지난밤 그이의 살껍질을 벗긴 이는 또 누구일까. 그이는 누구에게 순결한 속살을 드러냈을까.

꽃살문 같은 꿈, 갓 바른 문풍지, 공기로만 빚은 첫물은 순결, 처음, 탱탱한 긴장 등을 나타낸다. 그러면서 독자의 머리에 자연스럽게 하나의 그림이 떠오른다. 그림 속에 첫날밤을 지낸 새색시가 있다. 새색시는 첫날밤 꽃살문 같은 꿈을 꾼 뒤 아침에 일어나 신랑에게 줄 밥을 짓기 위해 쌀을 씻는다. 그림은 따뜻하고 시는 감각적이다. 짧은 시에 시각과 청각과 촉각이 모두 들어 있다. 어쩌면 밥 짓는 냄새까지도 날 듯하다.

이 시는, 서리에서 갓 시집온 새색시와 새색시의 순결하고 따뜻한 첫날밤을 읽게 하는 매우 독창적인 작품이다. 문태준의 서리, 하늘의 살껍질은 저리 순결하고 아름답다.

나막신 ⁰⁰⁵

_이병철의 「나막신」

버들잎으로 맺어진 정인과 이별하고 떠나는
달 밝은 밤은 정한수 떠 놓고 비는 정인이 있
어 고운 밤이기도 하다

은하 푸른 물에 머리 좀 감아 빗고

달뜨걸랑 나는 가련다

목숨 수(壽)자 박힌 정한 그릇으로

체할라 버들잎 띄워 물 좀 먹고

달뜨걸랑 나는 가련다

삽살개 앞세우곤 좀 쓸쓸하다만

고운 밤에 딸그락딸그락

달뜨걸랑 나는 가련다

1.

하늘 아래 새로운 것은 없다고 한다. 길이 길로 이어지고 글이 글을 낳는다. 이때 글은 특정 작가의 글을 의미할 수도 있고 시공과 장르의 제한을 넘어 보다 넓은 뜻으로 쓰일 수도 있다. 상호 텍스트성intertextuality이 별다른 것이 아니다.

표제는 예술 작품 곁에 붙은 것 같지만 작품을 제일 먼저 규정해 준다. 우리는 표제를 탐색한 다음 작품 안으로 들어가게 된다. 표제에 따라 그 작품을 제대로 이해하고 향수할 여러 가지 마음의 준비를 하는 것이다. 그림처럼 구체적인 시각 이미지를 바탕으로 한 예술 작품도 마찬가지다. 무제無題라는 표제도 그렇다. 무제는 우리로 하여금 모든 선입견을 배제하고 어떤 이미지도 떠올리지 말 것을 권유한다. 무제는 우리에게 무한한 상상력의 자유를 주는 만큼 당혹감을 느끼게 한다. 이것은 무엇인가. 이 작품에 대해 꿈꾸려면 어떤 마음의 준비를 해야 하는가. 그것은 앞에 무엇이 있는지 전혀 짐작도 하지 못한 채 전인미답의 신천지에 발을 딛는 것과 같다. 그 결과는 매번 다르다. 때로는 신선하고 풍요로운 땅을 발견하지만 돌투성이 황무지조차 없는 경우도 흔하다. 그럴 경우 문제는 향수자보다는 예술 작품에 있는 경우가 대부분이다.

2.

　'나막신'은 어떤가. 나막신이라는 제목은 독자에게 구체적
인 나막신의 이미지에 이어 비를 불러온다. 나막신은 비 오는
날 진 땅에서 신는 신이기 때문이다. 이제 나막신과 비는 독
자의 「나막신」 읽기에 끊임없이 개입할 것이다. 말하자면 우
리는 비 오는 날 굽이 달린 신을 신고 본격적으로 시의 세계
로 들어간다. 그런데 우리의 예상은 빗나간다. 이런 것이 시
를 읽는 즐거움의 하나이다. 우리가 만난 것은 궂은날이 아니
라 달이 뜨고 은하수 별이 총총한 맑고 환한 밤이다. 우리는
비가 아니라 '은하 푸른 물'을 만난다. 비는커녕 맑은 날이 아
니면 볼 수 없는 달이 뜬 밤이라니.

　　은하 푸른 물에 머리 좀 감아 빗고
　　달뜨걸랑 나는 가련다

　　우리에게 '은하 푸른 물'과 달은 익숙하다. 어디선가 본 듯

하다. 이 시행들은 동시 「반달」을 근간으로 한다. 1924년 『어린이』 11월호에 발표된 「반달」은 많은 사람들에게 애창된 동요이기도 하다. 「나막신」은 1940년대 작이다. 사실 '푸른 하늘 은하수 하얀 쪽배'는 사실적이지 않다. 푸른 하늘은 낮의 하늘이다. 하지만 우리의 상상력은 맑은 날 쪽배 같은 하얀 반달이 떠 있는 밤하늘이 푸르다는 데 저항하지 않는다. 하얀 배를 실어 나르는 푸른 물은 이미지가 선명하고 아름답다. 쪽배가 은하수를 따라 서쪽 나라로 가는 동시에서 푸른 하늘의 푸른색이 맑고 깨끗한 물을 환기시키는 것은 분명하다. '은하 푸른 물'은 '푸른 하늘 은하수'의 교묘한 변용이다. 「나막신」의 첫 두 행은 익숙한 노래에서 차용한 시적 대상물들의 독창적인 활용을 보여 준다. '은하 푸른 물'은 달을 띄우는 물이 아니라 시적 화자가 머리를 감는 물이다. 하늘의 은하수에 머리를 감다니! 가히 우주적 상상력이라 할 수 있다. 어떻게 이런 상상력이 가능했는지 이어지는 시행들을 읽어 보자.

3.

「나막신」은 사실 세계를 묘사하거나 진술하고 있지 않다.

「나막신」은 구체적인 시적 대상물들의 생생하고 감각적인 이미지를 통해 내면 풍경을 드러내는 시가 아니다. 그런데도 이 시의 이미지는 모호하지 않다. 모호하기는커녕 분명하고 아름답다. 「나막신」이 주는 감동은 그런 이미지와 뛰어난 운율의 조화에서 나온다. 감동은 공감에서 온다. 그렇다면 공감은 어디서 오는가. 구체적인 사실 세계에서 시적 대상물을 차용하지 않은 시의 이미지가 어떻게 분명하고 생생할 수 있는가.

「나막신」은 동시대의 동요 「반달」만 품고 있는 것이 아니다. 이 시는 전 시행이 다른 텍스트넓은 의미의 원용이요 변용이다. 앞서 보았듯이 1, 2행은 '머리 좀 감아 빗고'를 제외하면 온전히 「반달」의 변용이다.

푸른 하늘 은하수 ─ 은하 푸른 물

하얀 쪽배 ─ 달

가기도 잘도 간다 ─ 가련다

1행의 '머리 좀 감아 빗고'는 3, 4행과 연결되는데, 3, 4행은 이른바 '버들잎 화소'를 품고 있다.

목숨 수壽자 박힌 정한 그릇으로
체할라 버들잎 띄워 물 좀 먹고
달뜨걸랑 나는 가련다

화소話素는 설화나 소설 등의 이야기에서 사건의 가장 작은 단위를 말한다. 버들잎 화소의 내용은 이렇다. '급히 달려온 남자가 우물가의 여자에게 물을 청하자 여자는 바가지에 물을 떠서 버들잎을 띄워 건넨다. 남자는 화가 났지만 급하게 물을 마시다 체할까 염려되어 버들잎을 띄웠다는 것을 알고 여자의 현명함에 감탄해 결연을 맺는다.' 버들잎 화소가 들어 있는 이야기는 우리에게 매우 낯익다. 버들잎 화소는 신화, 영웅 전설, 민담에 골고루 퍼져 있다. 3, 4행은 이 익숙한 내용을 조금 다른 그릇에 담는다. 조금 다르다고 했지만 그 다름의 결과는 작지 않다. 먼저 물을 담는 그릇이 바뀌자 그에 따라 물의 성질도 바뀐다.

바가지 ─ 목숨 수壽자 박힌 정한 그릇
우물물 ─ 정한수

그릇과 물만 바뀐 것이 아니다. 본래 버들잎 화소는 남녀를 맺어주는 결연소다. 여자는 남자가 체할라 물에 버들잎을 띄우고 남자는 그 물을 마신다. 드물게 남자가 물에 버들잎을 띄우고 여자가 물을 마시기도 한다. 어쨌든 이 화소에는 남녀가 함께 나온다. 4행에서 우리는 자연스럽게 인연을 맺은 남녀를 떠올린다. 더욱이 우물물이 정한수가 되면서 3, 4행은 달 밝은 밤 목욕재계한 뒤 정한수 떠 놓고 비는 여인이라는 또 하나의 낯익은 이야기를 끌어 온다. 3, 4행에는 시적 화자 이외의 인물이 숨어 있다. 정한수는 대부분 하얀 사기그릇에 담는데, 그 그릇에는 종종 '수壽', '복福' 등의 염원을 담은 글자가 푸른색으로 쓰여 있다. 나이 든 세대는 어린 시절 그런 그릇을 흔히 보았을 것이다. 「반달」과 '버들잎 화소', '정한수 화

버들잎 화소는 제주도 신화 「세경본풀이」, 왕건, 이성계 등 영웅 인물담, 「저녁에 심어 아침에 따 먹는 오이」 등의 민담에 들어 있다.(이수자, 「설화에 나타난 '버들잎 화소'의 서사적 기능과 의의」)

일상에서 많이 쓰는 정한수, 또는 정안수의 표준어는 정화수(井華水)다. 하지만 이 시가 환기시키는 정(淨)한 그릇에 담긴 맑고 깨끗한 물을 지칭하기에는 정한수가 어울린다.

소'라는 낯익은 텍스트가 이 시에서 변용되어 새롭고 독창적인 효과를 낳는다.

  푸른 하늘 은하수 ─ 은하 푸른 물
  목숨 수壽 자 박힌 정한 그릇에 담긴 물 ─ 정한수
  목욕재계 ─ 머리 좀 감아 빗고

  6, 7행 역시 달 밝은 밤길을 떠나는 사람과 사람 앞서 먼저 나서는 삽살개라는 익숙한 장면을 담고 있다. 이 시에 담긴 모든 이야기는 달밤을 전제로 한다. 실제 버들잎 화소는 한낮에 전개되지만 달을 보고 비는 정한수 화소와 결합해서 자연스럽게 달밤의 이야기가 된다. 이쯤 다시 상기할 것이 있다. 달이 뜨면 비가 오지 않고 비가 오면 달이 뜨지 못한다. 비가 내리지 않은 땅에 나막신은 필요 없다. 달과 나막신은 함께 가지 않는다. 「나막신」에 달은 넘치지만 나막신은 '딸그락딸그락' 뿐이다. 그런데도 제목은 나막신이다. 왜 그럴까?

4.

이제 이 시의 운율에 결정적 역할을 하는 '달뜨걸랑 나는 가련다'를 살펴보자.

'~걸랑'은 '~거든'과 '~을랑'이 합해진 어미다. '~거든'은 가정적 조건을 나타내는 끝맺지 않는 어미인데 '~을랑'은 그 가정을 좀 더 강조하는 효과와 음율적 효과를 동시에 지닌다. 그러니까 지금은 달이 뜨지 않은 밤이다. 시적 화자는 이런 밤 나막신을 신고 떠나야 한다. 굳이 가야 한다면, 달뜨걸랑이라는 가정적 조건을 내세우며 그 조건이 충족되면 가겠다고 말한다. 달뜨걸랑 가겠다는 것은 지금 가지 않겠다, 가고 싶지 않다는 강한 부정을 뜻한다. 짧은 시에서 3번 되풀이되는 이 시행은, 역시 3번 되풀이되며 소박한 바람을 드러내는 '좀'과 함께, 운율에 기여하면서 공간을 되접어 시에 긴장을 부여하고 밀도를 높인다. 그만큼 지금 가고 싶지 않다는 간절한 회구를 나타낸다. 더구나 화자의 속마음은 지금뿐 아니라 아예 떠나고 싶지 않다. 그래서 달이 뜬 고운 밤에 삽살개 앞세우고 가는 것도 쓸쓸하다고 말한다.

이제 장면이 떠오른다. 이 시의 지배적인 색채는 「반달」처럼 푸른색과 흰색이다. 떠나는 님을 위해 여자는 목욕재계하고 '수' 자 박힌 흰 사발에 정한수를 떠 놓고 달을 향해 빈다. 그러니 '은하 푸른 물'에 머리를 감아 빗는 사람은 남자보다 여자가 더 어울릴 듯하다. 아니면 '은하 푸른 물'이 푸른색 글자가 박힌 그릇의 정한 물과 통하므로 그 물을 마시는 남자가 머리를 감아 빗는다고 보아도 될 것이다. 하지만 이도 저도 아닐 수 있다.

시적 화자는 정인을 뒤에 숨기고 마치 혼자인 양 노래하는 것 같다. 그런데 그는 정말 혼자일 수 있다. 그럴 경우 이 모든 것은 실제가 아니라 화자의 상상이다. 구체적인 시적 대상물보다 이미 잘 알려진 텍스트들을 차용하는 것도 상상에 생명을 주는 좋은 방법이다. 「반달」이나 '버들잎 화소'는 누구나 떠올릴 수 있는 보편적인 의미망과 이미지를 갖고 있다. 「나막신」은 그것을 모두 자기 것으로 하는 동시에 독창적인 변용을 가해 새로운 의미와 이미지를 얻는다.

버들잎으로 맺어진 정인과 이별하고 떠나는 달 밝은 밤은 정한수 떠 놓고 비는 정인이 있어 고운 밤이기도 하다. 삽살개 앞세운 화자의 심사는 영탄조의 '가련다'에 잘 드러난다.

아아, 정말 이별해야 한다면 그런 밤에 나는 떠나련다. 그런데 지금 나는 비 오는 밤 나막신 신고 홀로 떠난다. 나막신 소리 '딸그락딸그락'은 그 고운 밤, '달뜨걸랑'과 어울려 더욱 청아하고 애잔하고 곱다.

★★ 이병철은 좌파 성향의 월북 시인이다. 안도현 시인은 「나막신」을, '달뜨걸랑 나는 가련다'가 3번 반복되는 데 주목하며 읽는다. "이렇게 간절하게 시적 자아가 가고자 하는 곳이 어디일까? 나막신 딸그락거리는 소리를 내며 가고 싶은 그곳은 고향일까, 어머니 품속일까, 적막한 자연 속일까, 그도 저도 아니라면 현실 저쪽 너머일까?" 그런가 하면 신경림 시인은 어려운 시절 「나막신」을 처음 읽었을 때, 이 시가 얼마나 위로가 되었는지를 말한다. 그는 「나막신」에서 "일제의 박해 속에서도 여유를 갖고 우리의 몸과 정신을 온전하게 보전해야 한다는 메시지"를 읽는다. 좋은 시는 여러 해석을 낳는다. 시를 읽는 즐거움이 아닐 수 없다.

멍의 아름다움에 집착하는 이유는
바로 자신이 멍들었기 때문이다
그는 멍든 사람이다

⁰⁰⁶ 시계풀의 편지·1

_김승희의 「시계풀의 편지·1」

푸른 것은 늘 아름답다.

멍은 푸르다.

그러므로 멍은 아름답다.

그러니까 멍든 것은 늘 아름답다.

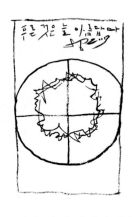

시계풀이 뭔지 아세요?

시계풀?…… 아, 토끼풀!

내가 주변 사람들에게 시계풀에 대해 물었을 때 대략 열에
일곱은 토끼풀을 떠올렸다. 나머지 셋은 시계풀을 알지 못해
서 시계풀에 대해 아무 생각도 없었다. 우리는 흔히 토끼풀클
로버을 시계풀이라 부른다. 누구나 한 번쯤 토끼풀로 꽃반지와
꽃시계를 만든 기억이 있을 것이다. 누구나 한 번쯤이라고 했
지만 요즘 도시의 아이들은 어떤지 모르겠다. 어쨌든 김승희
의 「시계풀의 편지·1」의 시계풀은 토끼풀이 아니라 진짜 시
계풀이다.

시계풀은 겨울에 땅 위 부분이 말라 죽지만 이듬해 새순이
돋는 강인한 식물이다. 시계풀이라는 이름은 시계의 문자판
모양을 한 꽃 때문에 붙여졌다. 정식 이름은 '그리스도 수난

꽃'이라는 의미의 Passion-flower Passiflora이다. 5개의 꽃잎과 5개의 격막은 유다와 베드로를 제외한 10명의 제자를, 보라색의 부관은 가시 면류관을, 긴 씨방은 예수의 술잔을 나타낸다. 또한 5개의 수술은 예수의 다섯 군데 못 박힌 상처를, 잎은 예수의 상처받은 손을, 꼬인 덩굴손은 예수를 묶는 데 사용된 끈을 나타낸다.

토끼풀 꽃이 행복과 행운의 꽃이라면, 시계풀 꽃은 고통의 꽃이다. 시계풀 꽃의 꽃말은 고통과 상처, 수난을 토대로 한 '성스러운 사랑'이다. 두 꽃을 혼동해서는 안 된다. 그럴 경우 「시계풀의 편지」 연작을 제대로 읽을 수 없다.

「시계풀의 편지·1」은 논리학의 추론 모델인 삼단 논법, 그

 예를 들어 「시계풀의 편지·4」를 보자.

사랑이여.

나는 그대의 하얀 손발에 박힌
못을 빼주고 싶다.
그러나

못 박힌 사람은 못 박힌 사람에게로
갈 수가 없다.

중에서도 전형적인 정언적定言的 삼단 논법을 차용하고 있다. 그래서인지 고통의 꽃이 보낸 편지가 논리적이고 이성적으로 보인다. 차분히 편지를 읽다 보면 저절로 결론을 믿게 될 것 같다.

알다시피 정언적 삼단 논법은 2개의 전제에서 1개의 결론을 추론하는 방식이다. 결론의 주어소개념는 두 전제 중 하나소전제 속에 들어 있다. 결론의 술어대개념도 나머지 한 전제대전제 속에 들어 있다. 두 전제에 남아 있는 2개의 명사 자리는 동일한 명사매개념가 채운다. 삼단 논법의 논증이 타당한 이유는 전제를 참이라고 인정하면서 결론을 부정하는 것은 모순되기 때문이다. 달리 말하면 삼단 논법에서는 대전제가 참이어야 결론도 참이다.

대전제 푸른 것매개념은 늘 아름답다.

소전제 멍은 푸르다.

결 론 그러므로 멍소개념은 아름답다대개념.

삼단 논법은 본래 목적이 그렇듯 설득력이 강하다. 「시계풀의 편지 · 1」의 화자가 굳이 논리학의 모델을 취한 의도가 거기에 있는 것 같다. 화자는 어떻게 해서라도 '멍은 아름답다'는 결론에 이르고 싶은 것 같다. 도대체 왜? 그가 그처럼 설득하고 싶은 대상이 누구이기에? 대답은 이 유사 삼단 논법을 시로 만들어 주는 마지막 연에 있다.

「시계풀의 편지 · 1」은 한 행이 한 연을 이룬 시다. 그렇기 때문에 한 행을 읽고 난 후에는 연이 바뀔 때처럼 휴지를 두어야 한다. 그만큼 성찰의 시간을 가져야 한다. 나는 1연을 읽고 생각에 잠겼다. 다음을 읽지 않은 상태에서, 내 머릿속에 아름다운 '푸른 것'으로 무엇이 떠오르는지 기다렸다. 줄곧 '멍'이 떠올랐다. 아무리 애써도 소용없었다. 나는 이미 시의 전문을 알고 있었다. 그래서 '시계풀'에 대해 그랬듯이 사람들에게 1연을 들려준 뒤 물었다. '푸른 것'으로 무엇이 떠오르나요?

하늘, 바다, 산, 나무, 젊음, 희망, 파란 눈동자, 푸른 꽃, 덧없음, 푸른색 그 자체…… 등등.

1연에 대한 질문에서 사람들은 그들이 '푸른 것'과 '아름답다' 중 어디에 주목하느냐에 따라 나뉘었다. 또한 푸른 것에 대해서도 상징적이거나 비유적으로 이해하는 사람들과 그냥 푸른 것 자체로 받아들이는 사람들로 나뉘었다. 뜻밖인 것은 누구보다 시각적일 것 같은 화가들이 푸른 것을 더 상징적이고 비유적으로 이해했다는 점이다. 예컨대 젊음과 덧없음은 모두 화가의 대답이다. '덧없음'은 아름다움이나 젊음 등에 이어 그것들이 곧 스러지리라는 생각에서 나온 것 같다. 사람들은 대부분 아름다운 푸른 것에 대해 매우 긍정적이었다.

푸른 것은 대체적으로 아름다운 것 같다. 푸른 하늘, 푸른 바다, 푸른 산, 푸른 나무 등 자연의 푸른 것이 그렇고, 푸른 꽃, 파랑새 등 상징의 푸른 것이 그렇다. 우리 문화에서 푸른 색, 파랑은 신선함, 신비, 고향, 그리움, 냉정, 피안의 빛, 거룩함, 승화 등을 나타낸다.♪ 한마디로 파랑은 꿈과 희망, 초현실을 상징하는 색이다.

「시계풀의 편지·1」의 화자는 첫 연에서 푸른 것은 그냥 아름다운 것이 아니라 '늘' 아름답다고 한다. '푸른 것은 늘 아름답다'는 참이 아니다. 화자는 대전제인 첫 연이 거짓임을 안다. 대전제가 거짓이니 결론 또한 거짓일 수밖에 없다. '그러므로 멍은 아름답다'는 거짓이다. 참은 무엇일까? 푸른 것은 아름다울 수도 아름답지 않을 수도 있으니, '멍은 아름다울 수도 아름답지 않을 수도 있다'일까? 그런데 「시계풀의 편지·1」은 감성이 논리에 앞서는 시詩다. 그래서 우리는 대전제가 무조건 '참'이라고 생각하고 다음을 읽기로 한다.

  멍은 푸르다.

  그러므로 멍은 아름답다.

  대전제가 '참'이기만 하면, 푸른 것 중에서 부정적인 것, 아름다움과는 거리가 먼 것, '멍'까지도 '푸르다'는 이유만으로 아름다울 수 있다. 몸과 마음에 든 멍은 상처다. 멍, 상처가 깊으면 '한恨'이 된다. 한은 이청준의 말처럼 '어떤 순리적이지 못한 일방적 힘에 의해 온당한 삶의 자리를 잃거나 빼앗기고, 그로 하여 마땅히 누려야 할 삶의 덕목을 올바로 누릴 수 없게 된 데서 오는 아픈 박탈감과 상실감이 빚은 정서적 침전물'이다. 한의 진정한 덕목은 아픈 사건의 체험보다 그것이 내면

  한국문화예술사전편찬위원회, 『한국문화 상징사전』, 동아출판사, 1992, pp.606~609.

에서 삭여지는 풀이의 과정에 있다. 억울함을 즉각적으로 해소하려 하면 한은 원한이 될 뿐이다. 개인이나 사회나 국가가 내게 저지른 부당함을 '가슴 깊이 삭여 들이고 쌓아 가는 내적 정서화 과정'으로 풀어낼 때 멍은 삶의 숨은 동력이 된다. 멍이 삶의 동력이 될 만큼 깊어져야 멍든 것, 멍을 품은 것도 아름다워진다. 화자가 거짓을 참으로 믿고 싶을 만큼 멍의 아름다움에 집착하는 이유는 바로 자신이 멍들었기 때문이다. 그는 멍든 사람이다.

그러니까 멍든 것은 늘 아름답다.

연역법의 형태를 취한 이 시에서 가장 중요한 부분은 삼단논법에 없는 부분, 즉 마지막 연이다. 한 행이 한 연을 이룬 이 시에서 가장 길고 깊은 휴지가 3연과 4연 사이에 있다. 그곳에 삶에 대한 성찰이 자리하고, 그 성찰의 끝이 논리학의 모델을 전제로 삼아 내린 삶에 대한 결론이다. 그런 만큼 3연과 4연 사이에는 비약이 있다. 화자는 '멍'에서 '멍들다'로 이행한다. 그것은 멍에서 멍을 간직한 것으로의 초점 이동이다. 멍든 것은 무엇이 있을까. 멍든 사과, 멍든 사람 등등. 사람일 경우 멍은 몸에 생긴 물리적인 멍부터 가슴에 맺힌 추상적인 멍까지 종류가 다양하다. 물리적이든 추상적이든 사물이든 사람이든 그들에게 든 멍은 상처다. 물리적 상처는 눈에 보일 것이고 추상적 상처는 눈에 보이지 않을 것이다. 화자의 생각은 푸른 것이 아니라 멍든 자신으로부터 시작됐을 것이다.

나는 멍들었다. 시퍼렇게 멍든 상처, 고통스럽고 견디기 힘든 이것은 무엇인가? 화자는 멍에 주목한다. 그러자 '멍은 푸르다. 푸르다? 푸른 것, 그래 푸른 것은 아름답다. 그냥 아름다운 것이 아니라 늘 아름답다. 그래야 '멍'이 아름다울 수 있으니까. 아아, 그러니 그것을 간직한 나도 아름답다.'

멍, 상처, 한을 품은 것은 늘 아름답다. 사실 멍은 그 자체로는 아름답지도 추하지도 않다. 멍은 멍일 뿐이다. 하지만 어느 시인의 시구처럼, '상처 없는 영혼이 어디 있으랴'. 상처 없는 삶은 아름답지 않다. 지극한 고통을 딛고서야 삶과 사람에 대한 사랑도 깊어질 수 있다. 멍든 삶이 제대로 된 삶이다.

겨울에서 봄으로,
유리창을 닦으면 계절이 바뀐다

007 초봄

내가 입김을 불어 유리창을 닦아 내면

새 한 마리 날아가며 하늘빛을 닦아 낸다

내일은 목련꽃 찾아와 구름빛도 닦으리.

하나의 행위가 인연의 고리가 되어 또 다른 행위를 낳는다. 선업先業이 선업善業이면 선善을 낳고 악업惡業이면 악惡을 낳는다. 군더더기 없는 짧은 서정시가 연기緣起를 말하고 있다. 시작은 '나'지만, 내가 새로, 새가 목련꽃으로 이어진다. 그런 내가 하는 행위는 — '닦다'.

내가 하는 행위인 닦는 것닦아 내는 것은 내가 나를 씻는 것이 아니다. 내가 타자를, 다른 무엇인가의 허물이나 때를 씻고 벗겨서 윤이 나도록 깨끗하게 하고 빛나게 만드는 것이다. 이 시에서 타자인 그 무엇은 처음에 유리창인데, 유리창은 곧 하늘빛이 되고 하늘빛은 구름빛이 된다. 내가 유리창을 닦아 내면 새가 하늘빛을 닦아 내고 새가 하늘빛을 닦아 내면 목련꽃이 구름빛을 닦아 내고, 그렇게 한없이 이어져 결국 누군가 나를 닦을 것이다.

사정은 이렇다. 시적 화자인 나는 입김을 불어 유리창을 닦는다. 유리창은 아마 겨우내 닫혀 있었거나 닦지 않아서 먼지가 앉아 뿌연 상태일 것이다. 그렇지 않다 해도 입김을 불어 닦아 내면 유리창은 닦기 전보다 훨씬 맑고 투명해진다. 그런 유리창으로 하늘을 담은 밖의 풍경이 보인다. 그때 새 한 마리가 날아간다. 사실 새는 그저 날 뿐인데, 나는 새의 궤적이 1행과 연결되어 마치 하늘을 닦는 것 같다.

'닦아 낸다'는 이미 '나'의 경험으로 인해 맑고 투명하고 깨끗하게 만든다는 의미로 충만하다. 더구나 새는 하늘을 닦는 것이 아니라 하늘빛을 닦아 낸다. 채도와 명도가 높아진 색채 이미지가 맑고 깨끗하고 환한 하늘을 보다 분명하게 연상시킨다. 닦기 전후의 유리창이 다르듯이 하늘빛도 그렇다. 이 시에서 '닦다'는 사물의 질을 바꾸어 가치를 부여하는 매우 동적인 행위다. 독자는 새 한 마리가 날아가자 하늘빛이 맑고 깨끗해졌다고 생각한다. 상상력은 거기에서 더 나아가 이제 눈에 보이지 않는 것까지 볼 수 있게 된다. 독자는 아직 피지 않은 목련꽃이 구름이 아니라 구름빛을 닦는 것을 본다. 이 모두를 가능하게 하는 것이 바로 G.바슐라르G. Bachelard가 말하는 역동적 상상력Imagination dynamique이다.

내가 안에서 유리창을 닦아 내자 밖이 보인다. 밖의 풍경은 방금 새 한 마리가 날아갔고 목련나무에는 작은 꽃망울이 맺혀 있다. 머지않아 목련꽃이 필 것이다. 목련꽃이 피면 나와 새가 그랬듯이 그 꽃이 구름빛을 닦을 것이다. 봄은 이처럼 만물이 깨끗하게 정화되어 소생하는 계절이다. 그런데 만물은 저 혼자, 저 스스로 몸과 마음에 낀 때와 허물을 닦거나 벗을 수 없다. 누군가 다른 존재가 그 일을 해줘야 한다. 여기서 중요한 것은 그 일이 맨 처음 한 번만 시작되면 끝없이 이어진다는 점이다. 인연으로 누군가 나를 닦으면, 나는 다른 존재를 닦고, 다른 존재는 또 다른 존재를 닦고, 이처럼 기막힌 소통이 어디 있을까. 어느 해든 내가 입김을 불어 유리창을 닦아 내기만 하면 삼라만상이 서로를 닦느라 시끄러워질 것이다. 그때는 만물이 살아나는 맑고 화창한 봄이리라. 겨울에서 봄으로, 유리창을 닦으면 계절이 바뀐다.

★★★ 정완영은 교과서에 실린 아름다운 시조 「조국」의 작가다. 그는 시조를 닦는데 온 삶을 바친 시인이다. 「초봄」 역시 시조다. 정형시는 정형시답게 읽어야 제 맛이 난다. 「초봄」의 음수율은 2-5 4-4 / 4-4 4-4 / 3-6 4-3 이다.

　　내가 / 입김을 불어 // 유리창을 / 닦아 내면

　　새 한 마리 / 날아가며 // 하늘빛을 / 닦아 낸다

　　내일은 / 목련꽃 찾아와 // 구름빛도 / 닦으리.

008 모든 길이 노래더라

_김선두의 「모든 길이 노래더라」

남도 봄길 다녀와

壯紙에 그리니

육자배기 들린다

풋연두 일렁이는 보리밭

붉은 黃土色紙 사이

배꽃 흰구름 언덕

구불구불 흘러

뭉게뭉게 넘는 길

모든 길이 노래더라

시는 무엇보다 이미지를 통해 인식된다. 물론 이미지가 선명하다고 다 좋은 시는 아니다. 하지만 아무리 읽어도 이미지가 불분명한 시는 좋은 시가 아니다. 독자는 한 편의 시에서 꽉 짜인 이미지들의 총체적이고 유기적인 결합을 볼 때 시를 읽는 즐거움을 맛볼 수 있다. 이미지의 정의로는 '이미지가 정서와 사상의 육화'라는 것이 잘 알려져 있다. '육화肉化'는 몸을 얻어 태어나는 것이다. 그러니까 이미지는, 정서와 사상이라는 정신과 영혼이 담긴 육체라 할 수 있다. 좀 거칠게 말해서 이미지가 없이 정서와 사상만 있는 시는 몸이 없는 유령이다. 시는, 주로 삶에 대한 반성적 추체험에서 즐거움을 얻는 산문과 다르다. '이미지는 언어로 짜인 그림'이라는 세실 루이스C.D.Lewis의 말을 인용하지 않더라도 시는 그림처럼 표상적representational이다.

이미지에는 여러 유형이 있지만 기초는 지각 이미지mental image이다. 지각 이미지는 감각적 경험에 의해서 형성되기 때문에 여러 감각 이미지로 나뉜다. 그중 시의 회화성의 근간이 되는 시각 이미지는 에즈라 파운드Ezra L. Pound를 중심으로 한 서양의 이미지즘 시인들이 선호했고 '시중유화 화중유시詩中有

畵 畵中有詩'가 면면히 이어져 온 동양의 한시에서도 중요하게
여겨졌다.

시각 이미지는 그림이 그렇듯 밝기brightness와 맑기clarity와
질감tone-colour의 정도에 따라 다양하게 나타난다. 시각 이미
지 역시 이미지 자체의 선명성도 중요하지만 이미지를 통해
대상과 세계에 대한 새로운 이해의 지평을 열 때 성공적이라
할 수 있다.

여기 전문 시인이 아니라 화가가 쓴 시 한 편이 있다. 그림
은 사람의 감각 중에서 시각과 가장 깊은 관련이 있다. 화가
가 쓴 시는 시각 이미지가 선명할 것 같다. 정말 그런지 한 폭
의 그림을 보듯 시를 자유롭게 읽어 보자.

우리가 지금 읽고 있는 김선두의 시는 '모든 길이 노래더라'
로 시작해 '모든 길이 노래더라'로 끝난다. 알다시피 '~더라'
는 시적 화자가 직접 경험해서 깨달은 사실을 다소 감상적으
로 진술할 때 사용하는 어미다. 그러니까 이 시는 모든 길이 노
래라는 사실을 깨닫는 과정, 그 그림을 보여 줄 것이다.

남도 봄길 다녀와

壯紙에 그리니

육자배기 들린다

시적 화자는 1연에서 그림을 그린다. 그가 그리는 대상은
자신이 다녀온 남도 봄길이다. 그런데 길을 그렸더니 느닷없
이 '육자배기'가 들린다고 한다. 길을 그렸는데 왜 육자배기가
들릴까, 독자는 당연히 의문을 품는다. 그러다가 이청준의 소
설「해변의 육자배기」를 떠올린다. 시인이 시작 노트에서 어
머니를 주제로 한 이청준의 소설들을 그림으로 그리면서 이
시를 썼다고 했기 때문이다. 시인의 말에 따라 소설과 시와
그림을 연계해서 볼 필요가 있다. 하지만 이 시의 정조는「해
변의 육자배기」보다 훨씬 밝고, 소설의 내용과 직접적인 연관
도 없다. 그래서 우리는 이 시를 독립적으로 읽기로 한다.

육자배기는 '전라도 소리의 특징을 고루 지닌 남도 잡가'로
'박자가 느리고 한과 서정이 흐르는 느낌을 주면서 억양이 강
하고 구성진 맛이 있다'. 또한 '가락이 아름답고 가사도 정교
한 시로 되어 있는 것이 많다'. 독자가 1연에서 알 수 있는 것
은 시적 화자가 지금 직접 다녀온 남도 봄길을 장지에 그렸고

그 길에서 남도 소리인 육자배기가 들린다는 것이다. 길에서 왜 노래가 들리는지 독자는 아직 그 이유를 알 수 없다.

풋연두 일렁이는 보리밭
붉은 黃土色紙 사이
배꽃 흰구름 언덕

2연은 선명한 색채가 중심이 된 시각 이미지로 형성된다. 2연에 재현된 그림은 아름답다. '풋연두'는 시인이 창조한 시어다. '풋-'은 '갓 나온', '덜 익은', '미숙한', '여린' 등의 뜻을 지닌 접두사다. 시인은 색에 '풋-'을 붙임으로써 아직 초록으로 익지 않은, 이제 막 돋아나 자라는 봄날 보리밭의 여리고 풋풋한 연두색을 잘 표현한다. 독자도 시인을 따라해 본다. 풋노랑, 풋보라, 풋하늘─풋하늘? 재미있고 신선하다. '풋연두'를 창조한 시인은 '보리밭이 일렁인다'고 하지 않고 한 걸음 더 나아간다. 그는 보리밭이 아니라 색채를 주체로 삼아 바람에 흔들리는 어린 보리들의 모습을 '풋연두가 일렁인다'고 표현한다. 무게 중심이 이동되면 세상은 지금까지의 상투적인 모습을 벗고 새롭게 나타난다. 이것 역시 시를 읽는 즐거움의 하나다. 동일한 대상에 대한 묘사지만 '하얗게 부서지는 파도'와 '파도로 부서지는 하양'은 분명히 다르다.

일렁이는 풋연두처럼 붉은 황토밭은 붉은 황토색지가 된다. 황토색지는 1연의 장지와 연결되면서 실제 밭의 질감보다 장지 위에 그려진 그림의 이미지를 강조한다. 중요한 것은 화폭에 재현된 남도다. 그 남도에는 바람에 일렁이는 여린 연두색 보리밭과 붉은 황토밭, 언덕까지 이어지는 하얀 배꽃 무리들이 있다. 2연은 붉고 푸르고 하얀 색채의 조화가 뛰어난 한 폭의 그림이다. 그런데 그것이 전부가 아니다. 이 그림에서 가장 빛나는 것은 보리밭이나 황토밭, 배꽃 언덕이 아니라 그것들 '사이'다. 2연의 중심 시어는 '사이'다. 그 '사이'가 '길'이다.

구불구불 흘러
뭉게뭉게 넘는 길

이제 이 시의 중심에 왔다. 시적 화자는 1연에서 남도 풍경이 아니라 길을 그렸다고 했다. 물론 부분으로 전체를 나타내는 익숙한 비유법일 수 있다. 하지만 그는 글자 그대로 '길'을 그리기 위해 나머지를 그린 것 같다. 선명한 색채들―밭들 '사이'를 '구불구불 흘러' 배꽃 언덕을 흰 구름―배꽃되어 '뭉게뭉게 넘는 길'. 이 시의 길은 흐르고 넘는 동작 때문에 마치 살아 있는 생명체 같다. '흐르다'에는 시간성이 내재한다. 그 시간성은 차곡차곡 쌓이지 않고 지나간다. 길이 보여 주는 것은 시간에 따라 이루어지는 무엇이 아니라 흐르는 움직임 자체다. 길은 흐르고 넘는 과정의 현상학을 보여 준다. 길은 그 과정 중에 어린 보리밭을 만나면 풋연두로 일렁이고 배꽃을 만나면 하얀 뭉게구름이 되어 언덕을 넘는다.

어떻게 그림 속의 길이 움직일까. 길이 사람을 전제로 하기 때문이다. 사람이 길을 만들고 그 길을 다시 사람이 간다. 그림 속의 길 위에 사람이 있다면 그 사람이 길을 움직일 것이다. 그러나 사람이 없어도 괜찮다. 보이지 않지만 저 언덕 너머로 끊임없이 넘어가고 넘어갔을 사람들을 독자는 쉽게 상상할 수 있다. 시적 화자는 길이 흐르고 넘는다고 하지만 사실 사람이 길 위를 흐르고 넘는다. 우리는 모두 남도 산하를 흐르고 넘는 육자배기처럼 삶의 행로를 흐르고 넘는다. 그렇게 우리는 굽이굽이 구불구불 흘러 뭉게뭉게 넘는 길에서, 문득, 한 구절 한 고비 흐르고 넘는 노래 같은 우리들의 삶의 길을 본다. 아니 듣는다. 아! 그래서 남도 봄길에서 육자배기가 들렸구나. 이후 시적 화자는 깨달음에 이은 관조적인 휴지를 거친 뒤 말한다. 모든 길이 노래더라.

김선두의 시에서 '길'의 핵심은 길 자체가 아니라 '行'이다

이왕 화가가 쓴 시를 읽었으니 그의 다른 시 한편을 더 읽어 보자. 「별똥에선」은 동시라고 해도 좋을 시다. 짧고 간결한 시행 속에 시를 시답게 하는 소리와 운율이 살아 있다. 동심여선童心如善이라 했던가. 이 시는 그런 동심을 표현한 시의 장점을 갖춘 깔끔한 소품이다.

별똥에선 꽃향기

소똥에선 풀향기

별똥에선 꿈향기

– 김선두, 「별똥에선」 전문

  똥은 배설물이다. 배설물은 독립적이지 않다. 똥은 똥을 누는 주체가 무엇을 먹었느냐에 따라 달라진다. 사랑을 먹으면 사랑이 나오고 미움을 먹으면 미움이 나온다. 사랑의 찌꺼기에선 향기가 나지만 미움의 찌꺼기에선 악취가 난다. 들어가는 것이 나오는 것을 결정한다.

  벌똥은 벌이 누는 똥이고
  소똥은 소가 누는 똥이고
  별똥은 별이 누는 똥이다.
  꽃을 먹으면 꽃이 나오고
  풀을 먹으면 풀이 나오고
  꿈을 먹으면 꿈이 나온다.

 김선두는 1996년 이후 지금까지 '行' 연작을 그리고 있다.

벌이 꽃꿀을 먹고 소가 풀을 먹는 것은 알겠는데, 별은 꿈을 먹나?

'밤하늘 별처럼 찬란한 꿈', '별을 따다꿈을 이루다' 같은 표현에서 알 수 있듯이 꿈, 이상, 지극한 목표 등은 흔히 별에 비유된다. 별똥은 꿈의 흔적이다. 그것도 어른의 현실적인 꿈이 아니라 젊고 어린 시절 품었던 순수하고 드높은 꿈, 이루지 못했지만 여전히 간직하고 있는 꿈의 흔적이다. 그래서 별똥에선 옛꿈의 향기가 난다. 우리는 그 꿈의 흔적 없이 이 팍팍한 현실을 살아갈 수 없다.

그런데 추상적인 꿈의 향기는 어떤 향기일까. '향기'하면 대부분의 사람들은 꽃을 떠올릴 것이다. 오래된 꿈의 향기는 꽃 중에서도 산내들에 피어난 이름 모를 들꽃, 풀꽃의 향기일 것 같다. 시골이 고향인 사람에게는 더욱 그럴 것이다. 그래서 이 화가−시인이 그린 그림에서는 밤하늘의 별이 우리나라에 자생하는 들꽃으로 표현된다.

시를 먹으면 시가 나온다.

벌똥에선 꽃향기

소똥에선 풀향기

별똥에선 꿈향기

꿈향기는 풀꽃향기

꿈향기는 소똥향기

꿈향기는 별똥향기

수면 위에 빛들이
미끄러진다

수면 위에 빛들이 미끄러진다

사랑의 피부에 미끄러지는 사랑의 말들처럼

수련꽃 무더기 사이로

수많은 물고기들의 비늘처럼 요동치는

수없이 미끄러지는 햇빛들

어떤 애절한 심정이

저렇듯 반짝이며 미끄러지기만 할까?

영원히 만나지 않을 듯

물과 빛은 서로를 섞지 않는데,

푸른 물위에 수련은 섬광처럼 희다

「수면 위에 빛들이 미끄러진다」는 단순한 연애시가 아니다. '사랑의 피부'와 '사랑의 말들', '애절한 심정' 등이 시어로 쓰였지만 사랑의 노래는 표면에 그친다. 시에 이런 표현이 가능하다면, 이 시는 매우 이지적理智的이다. 시인은 감각적인 시어와 이미지로 순수 의식을 빚고 싶었던 것 같다.

「수면 위에 빛들이 미끄러진다」는 각 연이 2, 3, 2, 3행으로 된 4연시다. 그런데 첫 두 연, 그러니까 시의 딱 절반인 5행이 같은 자음 'ㅅ'으로 열린다. 그중 1연 2행만 '사'로 모음이 다를 뿐, 첫 글자는 모두 '수'이다. 게다가 2연은 '수'로 시작되는 단어 다음에 이어지는 단어 역시 모두 같은 자음 'ㅁ'으로 시작된다. 수련꽃, 수많은, 수없이. 무더기, 물고기들의, 미끄러지는. 1연도 그렇지만 2연 역시 시각적으로도 청각적으로도 아름답다.

표제 「수면 위에 빛들이 미끄러진다」가 말해 주듯 물과 빛의 팽팽한 긴장과 대비를 보여 주는 이 시의 지배적인 동사는 '미끄러지다'이다. 도대체 물과 빛은 물상을 넘어 무엇을 뜻하는가? 둘 사이의 관계를 정의하는 '미끄러지기'는 어떤 행위인가? 모든 의문은 1연에서 대부분 풀린다.

수면 위에 빛들이 미끄러진다
사랑의 피부에 미끄러지는 사랑의 말들처럼

'미끄러지기'의 주체인 빛들은 수면 아래로 내려가지 못한다. 수면은 사랑의 피부고 빛들은 사랑의 말들이다. 피부는 육체이고, 말과 언어는 정신이다. 피부는 감각적이고 언어는 의식적이다.

수면(물) — 빛들
사랑의 피부 — 사랑의 말들
(몸, 육체) — (언어, 정신)
감각 — 의식

타자의 피부에 미끄러지는 것은 타자의 내면으로 뚫고 들어가지 못하는 것이다. 2연과 3연은 간절히 원해도 타자의 안으로 들어가지 못하는 그런 애절한 심정, 빛들에 대한 묘사다.

수련꽃 무더기 사이로

수많은 물고기들의 비늘처럼 요동치는
수없이 미끄러지는 햇빛들

어떤 애절한 심정이
저렇듯 반짝이며 미끄러지기만 할까?

물은 여전한데 빛들은 하염없이 미끄러지기만 한다. 1연에
이어 2, 3연에서 물속으로 들어가지 못하고, '미끄러지다'라는
동사로 연결되는 것들을 살펴보자.

빛들=사랑의 말들=햇빛들=물고기들의 비늘=애절한 심정

수없이 미끄러지는 햇빛들은 수많은 물고기들의 비늘이다.
이 비유로 인해 미끄러지는 것은 요동치는 것이 된다. 3연의
반짝이는 애절한 심정은 햇빛들과 더불어 2연의 '요동치는'
이 더해진 표현이다. 빛은, 애절한 심정은 요동치는 수많은
물고기들의 비늘에 비유됨으로써 들끓는 역동성을 얻는다.
그나저나 빛은 물 위를 영원히 미끄러지기만 할 것인가? 벌

수면 위에 배꽃이
피었다 진다

써 시의 4분의 3을 읽었는데 둘이 하나 되기는 절대로 이룰 수 없는 희망, 불가능처럼 보인다. 하지만 실망하기에는 아직 이르다.

영원히 만나지 않을 듯
물과 빛은 서로를 섞지 않는데,
푸른 물위에 수련은 섬광처럼 희다

'만나지 않을 듯, 섞지 않는데', 4연 1, 2행은 3행에서 이루어질 극적인 반전을 예비하고 있다. 물과 빛은 않을 듯, 않는데, 결국 만나고 섞일 것이다. 물 위를 줄곧 미끄러지기만 하던 빛은 마침내 물속으로 스며들 것이다. 그 기막힌 순간이 4연 3행이다.

수련은 섬광처럼, 섬광은 수련처럼, 푸른 물위에 희다.

물과 통한 빛이 수련이다. 수련은 무엇인가. 수련은 겹쳐지는 접점이다. 시인의 말처럼 '줄기는 물속에 보이지 않는 곳에 감추고 꽃만 물 밖으로 보이는 곳으로 내미는 수련은' 낯선 두 세계를 연결해 준다. 그런데 그런 수련이 섬광처럼 희다. 섬광閃光은 찰나刹那의 빛이다. 물과 빛이 만나고 섞이는 찰나는 희다. 이때 '희다'는 색을 가리키는 것이 아니다. 색色은 사물의 존재적 속성을 나타낸다. 수련은 존재와 존재가 만나고 섞인 한 순간, 그 직관적 인식의 빛이다. 색이라면 그 순간, 그 섬광의 색이다. 빛의 색이다.

시인은 수련 연작을 통해서 '시와 수련 언어와 실물이 겹쳐지는 접점을 시로 포착하려고 노력했다'고 한다. 수면 물의 피부이 사랑의 피부라면 사랑은 물이다. 사랑의 말 빛은 사랑 물과 섞이지 못한다. 사랑의 말과 사랑, 언어와 실물, 외연과 내포의 하나 되기는 얼마나 지난至難한지. 이 시는 글쓰기의 문제도 담고 있다. 눈에 보이지 않는 본질을 외연적 형식으로 표현해야 하는 글쓰기의 한계에도 불구하고, 두 세계의 완전한 일치를 꿈꾸는 애절한 심정을 담고 있다. 그래서인가. 두 세계가 통하는 한 순간이 있다. 섬광 같은 뚫림, 수련처럼 흰 그 찰나.

010 보림사 참빗 _김영남의 「보림사 참빗」

먼 보림사 범종소리 속에

가지산 계곡 솔새가 살고,

그 계곡 대숲의 적막함이 있다.

9월 저녁 햇살도 비스듬하게 세운.

난 이 범종소리를 만날 때마다

이곳에서 참빗을 꺼내

엉클어진 생각을 빗곤 한다.

예술 체험의 바탕은 유용함이 아니라 즐거움이다. 시는 언어 예술의 정수라고 할 수 있다. 그래서 제대로 된 시 읽기는 즐거움을 주는 동시에 언어 예술에 대한 이해, 더 나아가 언어를 쓰는 인간에 대한 이해의 폭을 넓혀 준다. 문제는 좋은 시와 그렇지 않은 시를 구별하는 능력이다. 쉬운 시와 어려운 시를 말하는 것이 아니다. 독자가 반드시 지녀야 할 덕목은 심미안이다. 쉬운 시와 좋은 시, 어려운 시와 나쁜 시는 동의어가 아니다. 물론 그 반대도 사실이 아니다. 독자는 문학 작품에 대해서 세련된 심미안을 기초로 가치 판단을 할 의무가 있다. 그럴 경우, 시에는 좋은 시와 그렇지 않은 시가 있을 뿐이다. 그렇다면 좋은 시는 어떤 시인가.

시는 사상이나 관념을 전달하는 도구가 아니다. 시는 산문과 다르다. 시는 산문과 형태만 다른 것이 아니다. 서양에서 한 편의 시poem와 시정신poetry을 구분하는 것은 시의 정신 자세가 산문과 근본적으로 다름을 뜻한다. 시는 설명과 분석을 가능한 한 배제한다. 시가 이미지와 상징으로 이루어지는 것도 그 때문이다.

좋은 시는 그 의미가 투명하지 않다. 현대시는 애매성, 모호성, 다의성을 지향한다. 그것을 해독하는 것이 시 읽기의 큰 즐거움이기도 하다. 그러나 지나친 애매성, 모호성, 다의성은 시의 밀도를 떨어뜨리고 시를 난해하게 만든다. 이런 시는 전위적인 실험에 그칠 수 있다. 투명성과 간결함이 애매모호와 다의성과 적절히 결합해야 한다.

좋은 서정시에서는 소리가 아주 중요하다. 좋은 시는 소리와 뜻이 상호 긴밀한 작용을 할 때, 다시 말해 소리가 뜻을, 뜻이 소리를 창출할 때 만들어진다. 어떤 시를 읽은 후, 소리기표는 잊었는데 뜻기의은 또렷이 기억된다면 그 시는 좋은 시가 아니다.

좋은 시는 고유의 운율과 리듬, 내재율이 있어야 한다. 내재율은 기표에서 나온다. 그래서 시는 기표가 기의보다 우위에 서는 장르이기도 하다. 한마디로 좋은 시는 이미지나 상징, 내재율 등 언어 자체에 대한 신선한 접근과 표현을 통해 세계에 대한 새로운 인식을 보여 주어야 한다. 「보림사 참빗」은 그런 의미에서 좋은 시다.

「보림사 참빗」이라는 표제는 독자를 당황케 한다. 보림사라는 절, 세속을 벗어난 종교적 공간과 머리를 빗는 빗, 그것도 옛 여인네들이 쓰던 참빗의 결합은 당돌하게 느껴진다. 이 표제는 둘 사이를 연결할 어떤 연관성도 독자에게 주지 않는다. 그래서 독자는 일단 보림사와 참빗을 병치시킨다. 시를 다 읽은 후 병치된 두 개념이 문맥을 통해 자연스럽게 대립 또는 종합되어 새로운 의미를 획득할 때 그것은 타당성을 얻을 수 있다.

먼 보림사 범종소리 속에
가지산 계곡 솔새가 살고,
그 계곡 대숲의 적막함이 있다.
9월 저녁 햇살도 비스듬하게 세운.

이 시의 1연은 청각과 시각 등 감각에 의한 접근을 통해 외부의 풍경을 묘사한다. 1연이 보여 주는 구체적인 풍경은 보림사의 범종 소리가 사방으로 확산되는 것이다. 시인은 가지산으로 퍼지는 범종 소리를, 마치 범종 소리가 세계를 감싸 안는 것처럼 가지산 전체가 범종 소리 속에 살고 있다고 묘사한다. 그런데 가지산 전체는 다양한 대상이 아니라 솔새와 햇살 비춘 대숲만으로 형상화된다. 짧은 서정시에는 무엇보다 응축이 필요하다. 다양한 대상은 잡다한 현실감을 묘사하기에 적합하다. 그런 점에서 두 대상만으로 형상화된 풍경은 범종 소리가 이끄는 종교적 공간의 확대에도 기여한다. 독자가 1연에서 알게 되는 것은 보림사 범종 소리가 가지산 전체를 감싸 안듯 퍼진다는 것과, 그 가지산에는 예쁜 솔새가 살고, 9월 햇살이 비치는 대숲이 있다는 객관적인 사실이다.

  난 이 범종소리를 만날 때마다
  이곳에서 참빗을 꺼내
  엉클어진 생각을 빗곤 한다.

  2연은 1연에서 묘사된 외부 세계의 풍경을 본격적인 내면 풍경으로 끌어올린다. 2연에서 시적 화자는 느닷없이 범종 소리에 참빗을 꺼낸다고 진술한다. 참빗이라니? 그러나 의문은 길지 않다. 참빗은 독자의 상상력을 1연의 햇살 비춘 대숲으로 이끈다. 2연으로 해서 1연은 다시 읽히며, 두 연은 상호 유기적 관련을 맺는다.

대나무로 만든 참빗은 그 재료와 모양으로 인해 1연의 햇살 비췬 대숲의 은유가 된다. 햇살 비췬 대숲은 참빗이다. 은유는 일차적으로 유사성, 유추에 기초한다. 은유隱喩는 글자 그대로 숨겨진 비유다. 은유는 기존의 의미 세계에 숨겨진 새로운 세계를 발견하고 그 이미지를 쇄신하는 역할을 한다. 현대시에서 은유는, 언어 자체를 은유로 보기도 하지만 표현의 수단을 넘어 시의 구조 자체에 기여하는 것으로 여겨진다. 은유를 가능하게 하는 유사성에는 객관적이고 가시적인 형태의 유사만 있는 것이 아니다. 형태의 유사에 소리의 유사가 결합될 때 시적 효과는 배가된다.「보림사 참빗」은 이 점에서 주목할 만하다.

　참빗은 소리의 상사로 인해 '참빛'이 된다. 다시 생각해 보자. 햇살 비췬 대숲은 참빗인데, 참빗은 그 용도가 머리를 빗는 것이다. 상상력은 머리를 곧 생각으로 바꾸어 참빗으로 '생각을 빗다'라는 자연스러운 표현을 가능하게 한다. 그런데 참빗은 참빛이다. 참빗으로 엉클어진 머리를 빗는 것은 참빛으로 엉클어진 생각을 빗는 것이다. 독자는 참빗이 참빛으로 치환되는 데 저항은커녕 전적으로 동의한다. 참빗이 햇살로

만들어졌기 때문이다. 참빛으로 생각을 빗을 때의 효과는 어떨까. 「보림사 참빗」에서는 소리의 상사에 시각적 이미지와 청각적 이미지가 결합되어 창조적인 이미지가 형성되고, 그에 따라 인지의 변화가 일어난다. 참빗, 참빛, 소리의 상사가 범종 소리의 의미를 환기시키기 때문에 독자는 우주를 감싸는 것이 범종 소리여야 하는 이유를 비로소 납득한다. 참빛은 보림사의 범종 소리가 품어 안은, 범종 소리의 세례를 받은 햇살 가득한 대숲 참빛이다.

은유처럼 운율도 시의 의미 구조와 분리될 수 없다. 좋은 시가 가진 내재율은 일종의 조

예쁜 솔새
강요

화라고 할 수 있다. 현대시에서 '운율은 보거나 들을 수 있는 것이라기보다 차라리 느껴지는 것이다D.W.프렐.' "먼 보림사 범종소리 속에"—자음과 모음, 음절의 조화가 뛰어난 이 시의 1연 1행은 소리의 조화가 주는 아름다움이 무엇인가를 보여 준다먼/범, 보림사/종소리, 먼 보림/범종소리.

시언어의 특징에 기표의 중요성이 포함된다고 했다. 왜 보림사여야 하는가. 보림사는 실제 사찰 이름이지만 가상의 이름이라도 상관없다. 앞서 보았듯이 '먼 보림사'는 '범종소리'와 짝을 이루어야 한다. 시인은 쌍계사나 해인사 등 다양한 절 이름 중에서 보림사를 선택했다. 다른 이름이었다면? 먼 쌍계사 범종 소리, 먼 해인사 범종 소리. 그렇게 되면 이미 그것은 시가 아니다. 의미는 변하지 않았어도 시 전체가 무너질 수밖에 없다. 좋은 시는 기표가 살아 있어야 한다. 기표로부터 의미가 산출되고 의미가 다시 기표에 영향을 줄 때 인식의 전환도 이루어진다.

참빛은 진리의 다른 이름이다. 참빛은 범종 소리와 겹쳐 사방으로 퍼져 나간다. 이 시가 나오기 전까지 참빛은 이런 상징과 이미지로 쓰이지 않았다. 보림사 참빛은 참신하다. 세상을 새롭게 보게 한다. 머리를 빗는 참빗으로 그저 생각을 빗는 정도에 그치지 않는다. 보림사의 종교적 범종 소리가 품어 안은 햇살 가득한 참빛으로 정신을 빗기 때문에 존재의 전환을 가능하게 한다. 범종 소리는 대숲, 햇살의 시각적 이미지와 조우하는 만큼 듣는 것이 아니라 만나는 것이다. 독자의 상상력은 이 순간 그 어느 때보다 활발하게 움직인다. 참빛으로 생각을 빗은 사람은 예전의 사람이 아니다. 그는 새로 태어난 사람이다. 2연에서 독자는 시적 화자가 정화되었다는 느낌을 갖는다. 뿐만 아니라 시적 화자를 통해 독자 자신도 시정의 욕망을 씻고 엉클어진 혼돈의 세계에서 진리의 세계, 진여眞如의 세계, 참빛으로 형상화되는 세계, 질서의 세계로 이행하는 데 동참한다.

「보림사 참빗」은 독자로 하여금 잊고 있던 내면의 풍경을 보게 한다.

불꽃은

뜨거운 바람이 없다면

움직이는

그림에 지나지 않는다.

모든 불꽃이 그림으로 완성된

안정한 세상의 쓸쓸함.

내 고통의 대부분은

그 쓸쓸한 물이다.

나는 때때로

그날을 생각한다.

순결의 물을 두 손에 받들고

다가오던 발소리의 떨림.

가득찬 물소리에

나는 몸을 씻고 싶었다.

떨지 않는 물은 단지

젖어 있는

무게에 지나지 않는다.

'불'과 '물'이 시적 대상으로 쓰인 「쓸쓸한 물」에서는 두 개의 뚜렷한 가치가 대립한다. 흔히 불과 물은 대립적이다. 하지만 「쓸쓸한 물」에서 둘은 대립하지 않는다. 이 시의 중심은 동動/정靜의 대응, 대립이다. 그렇다고 불이 동을, 물이 정을 나타내는 것도 아니다.

어째서 그런가?

모두 4연으로 구성된 「쓸쓸한 물」에는 시적 화자의 과거와 현재가 담겨 있다. 그중 2연이 현재 상태고, 3연은 어떻게 지금에 이르렀는가를 해명하는, 즉 현 상태의 원인을 밝히는 부분이다. 나머지 1연과 4연은 현 상태와 그에 이른 원인을 숙고한 뒤 얻은 깨달음을 진술한다. 그래서 1연과 4연은 쌍을 이루며 선언적이다. 1, 2, 4연이 4, 4, 3행인데 비해 과거를 말하는 3연은 6행으로 가장 길다. 시적 화자가 힘주어 말하고자 하는 것은 지금이 아니라 옛날인 것 같다. 그 옛날이 어떤 옛날인지 1연부터 읽어 보자.

불꽃은
뜨거운 바람이 없다면

움직이는

그림에 지나지 않는다.

1연의 중심은 '뜨거운 바람'動이다. 뜨거운 바람은 무엇인가. 뜨거움은 열기이고 바람은 움직임, 흐름이다. 뜨거운 바람이 결핍될 때 불꽃은 불꽃이 아니라 '움직이는' 그림일 뿐이다. 그런데 열기는 사라졌어도 아직 움직임은 남아 있으니 불씨를 살릴 희망이 있는 것일까?

모든 불꽃이 그림으로 완성된

안정한 세상의 쓸쓸함.

내 고통의 대부분은

그 쓸쓸한 물이다.

2연에서 화자는 불꽃이 그림으로 '완성'되었다고 한다. 완성은 시간의 경과와 함께 어떤 상태나 행위가 완료되었음을 뜻한다. '모든' 불꽃이 '그림'이 된 것이 완성이라면 미완성은 단 하나의 불꽃이라도 뜨거운 바람으로 남아 있는 것, 불씨를 살릴 수 있는 것이다. 그러나 이제 희망은 없다. 그림을 수식하던 '움직이는'조차 사라졌다. 움직임은 불안정함과 통한다. 이 시에서는 '완성', '안정靜'과 같은 시어가 일반적인 쓰임과 달리 부정적인 정서를 내포한다.

그런데 2연 3행의 쓸쓸한 물에서 '쓸쓸한'은 2행과 연계해 이해가 되는데 왜 갑자기 불이 아니라 물일까. 움직이는 그림도 아닌 그저 그림이기 때문이다. 움직이지 않는 그림은 물이며, 물 중에서도 고여 있는 물이다. 흐르는 물은 뜨겁지 않아도 움직인다. 뜨거운 바람이 없는 불꽃은 고여 있는 물과 같다. 그물은 쓸쓸한 물이다. 쓸쓸한 물은 시적 화자의 고통에 상응한다. 화자는 지금 열기도 움직임도 사라진 세상, 완성된 안정한 세상에 있다. 그 정서의 주조는 쓸쓸함이다. 쓸쓸함의 대척은 더불어 함께 있음이다. 예전에 화자는 누군가와 함께 있었으리라. 그로 인해 세상은 열기와 움직임이 충만한 세상, 미완성의 불안정한 세상, 고통이 아니라 환희로 가득 찬 세상動이었으리라.

나는 때때로

그날을 생각한다.
순결의 물을 두 손에 받들고
다가오던 발소리의 떨림.
가득찬 물소리에
나는 몸을 씻고 싶었다.

내 고통의 대부분은 '그날' 때문이다. 그날 이후, 삶은 그날 과 그날이 아닌 날로 구분된다. 3연의 그날은 온통 움직임으로 가득 차 있다. 그날은 순결의 물을 두 손에 받들고 화자에 게 다가오던 누군가의 발소리의 떨림이 있던 날이다. 그날 화 자가 함께 있었던 사람은 순결하다. 순결은 아직 누구의 손도 닿지 않아 훼손되지 않았음을 전제로 한다. 순결은 부서지기 쉽고 부서질 수밖에 없다. 순결은 미완성이다. 순결이 오직 또 다른 순결과 결합될 때, 떨림이 떨림과 만날 때, 열기와 환 희가 배가되는 진정한 완성이 있을 것이다.

그날, 화자가 잊지 못하는 소리가 있었다. 발소리와 물소리動. 순결의 물을 받들고 다가오던 발소리의 떨림은 열기를 담은 떨 림, 뜨거운 바람이다. 또한 받든 물이 흔들리며 떨리는 가득찬 물소리이기도 하다. 자칫하면 흘러넘칠 순결한 물을 간직한 가득찬 물소리는 그래서 뜨거운 바람이다. 이쯤 독자는 에로스를 생각해도 좋을 듯하다. 시적 화자는 가득찬 물소리에 몸을 씻고 싶었다. 순결의 물에 몸을 담그고 싶었다. 그는 뜨거운 바람, 불꽃에 활활 타고 싶었던 것이다. 그런데 지금은 그것이 다 사라진 상태다. 순결의 물은 쓸쓸한 물靜의 대척이며 동시에 쓸쓸한 물의 전신이다.

떨지 않는 물은 단지
젖어 있는
무게에 지나지 않는다.

순결의 물은 떨림을 간직한 물이다. 화자는 떨지 않는 물은 젖어 있는 무게일 뿐이라고 한다. 우리 삶의 핵심은 떨림이 있는 '그날'이다. 삶의 어느 순간 떨렸던 물이라면? 그 어느 삶이라도 '그날'이 있었다면? 이후, 떨지 않는 물은 뜨거운 바람이 없는 불꽃에 지나지 않는다. 뜨거운 바람이 환희에 가득찬 가벼움이라면 젖어 있는 무게는 한없는 무거움이다. 미완성과 불안정은 가볍고, 완성과 안정은 무겁다. '動'은 가볍고 '靜'은 무겁다.

1연과 4연은 쌍을 이룬다고 했다. 1연에 맞춰 4연을 다시 써 보자.

불꽃은/뜨거운 바람이 없다면/움직이는/그림에 지나지 않는다.

물은/순결한 떨림이 없다면/젖어 있는/무게에 지나지 않는다.

「쓸쓸한 물」에서는 상상력에서 불과 물이 지닌 배타적 영역이 무너진다. 불과 물은 속성에 따라 같을 수도 다를 수도 있다. 불과 물의 정체성을 규정하는 것은 '뜨거운', '순결의', '떨리는' 등의 수식어다. 뜨거운 불꽃은 순결의 물이고 떨리는 가득찬 물소리이다. 이 수식어들의 부정형은 모두 같은 의미를 지닌다. 뜨겁지 않은 불꽃은 순결하지 않은 물이며 떨지 않는 물소리이다. 그리고 움직이는 그림, 젖어 있는 무게, 안정한 세상, 한마디로 쓸쓸한 물이다. 그러니 역으로 쓸쓸하지 않은 물은 불안정한 세상이다. 쓸쓸한 물은 외로운 물이다. 안정한 세상에 홀로 있는 고통이 있다면 불안정한 세상에는 더불어 함께 있는 환희가 있다. 그러나 고통도 환희도 '그날'이 있었기에 가능하다. '그날'이 없었다면 세상은 시종이 여일하다.

012 미모사 · 1 _심재상의 「미모사 · 1」

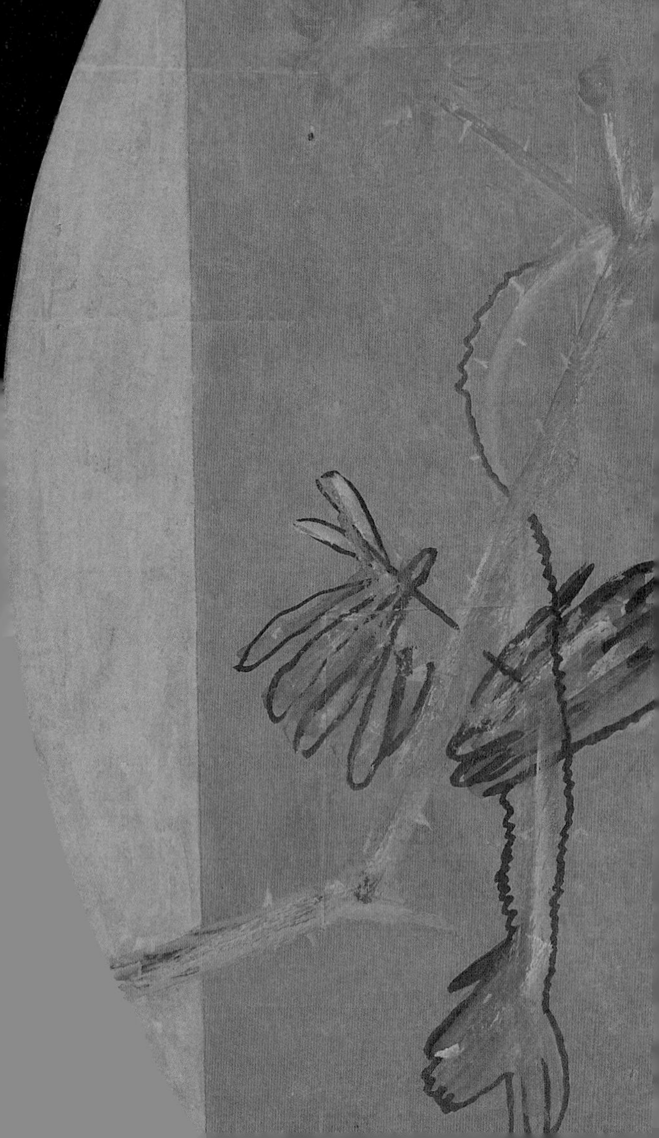

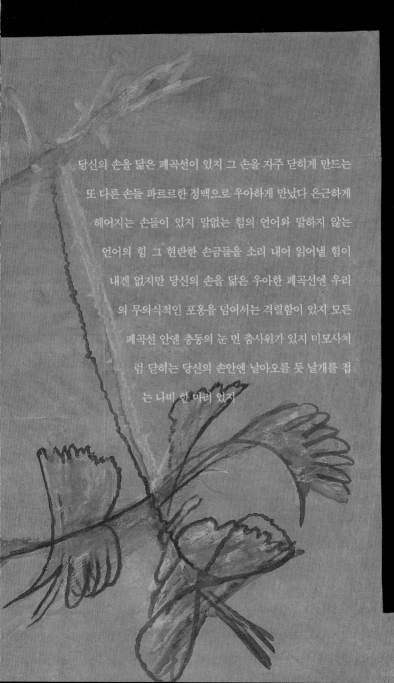

당신의 손을 닮은 폐곡선이 있지 그 손을 자주 닫히게 만드는

또 다른 손들 파르르한 정맥으로 우아하게 만났다 은근하게

헤어지는 손들이 있지 말없는 힘의 언어와 말하지 않는

언어의 힘 그 현란한 손금들을 소리 내어 읽어낼 힘이

내겐 없지만 당신의 손을 닮은 우아한 폐곡선엔 우리

의 무의식적인 포옹을 넘어서는 격렬함이 있지 모든

폐곡선 안엔 충동의 눈 먼 춤사위가 있지 미모사처

럼 닫히는 당신의 손안엔 날아오를 듯 날개를 접

는 나비 한 마리 있지

1.

현대시 이해에서 늘 수위를 차지하는 것은 은유를 포함한 비유에 대한 이해이다. 은유의 강조는 아리스토텔레스에게서 시작된 이래 언어 자체가 은유라는 주장에 이르기까지 변하지 않았다. 사실 우리의 정신 활동은 결국 은유로 표현될 수밖에 없다. 형이상학의 표현 자체가 이미 은유이기 때문이다. I. A. 리처즈I. A. Richards는 은유가 언어의 예외적이고 특수한 활동이라고 주장하는 아리스토텔레스의 은유론을 비판하면서 은유가 언어 작동의 편재적 원리임을 보여 준다. 그의 이론에 따르면 비유는 tenor와 vehicle의 두 항목으로 구성된다. '내 마음은 호수다'에서 마음이 tenor고 호수가 vehicle이다. 우리나라에서 쓰이는 tenor와 vehicle의 역어는 매우 다양하다. 원관념元觀念과 보조 관념補助觀念, 주제主題와 유사물類似物, 의미意味와 은유隱喩, 취의趣意와 매재媒材, 내의內意와 운기運器, 취지趣旨와 수단手段, 주지主旨와 매체媒體 등이 그것이다. 여기서는 목적이 되는 속뜻을 나타내는 '취지'와 전달하는 수단을 나타내는 '매체'를 쓰겠다.

우리의 일상생활이 온통 은유투성이라는 것은 조금만 주의를 기울여도 알 수 있다. 책상다리, 보릿고개, 싱거운 사람, 세발자전거 등 일일이 열거하기 힘들 정도다. 이런 일상적이고 관습화된 은유를 죽은 은유dead metaphor라고 한다. 죽은 은유는 실용적인 관점에서 볼 때 매우 유용하다. 예컨대 '보릿고개'를 보자. 보릿고개는 묵은 곡식은 다 떨어지고 보리는 아직 여물지 않아 식량이 거의 없는 시기로 농가 생활에서 가장 살기 어려운 고비를 말한다. 보릿고개라는 은유가 없다면 눈에 보이지 않고 만질 수도 없는 몹시 힘든 어떤 시기와 상황을 설명하기 위해 많은 말들이 동원되어야 할 것이다. 더욱이 그런 장황한 설명이 듣는 사람에게 보릿고개라는 은유보다 그 고난의 시기를 더 잘 이해시킬지도 의문이다. 이처럼 비유는 일상생활에서도 직관적 이해를 가능하게 하는 함축성과 경제성을 지닌다.

실생활에서 유용한 죽은 은유가 시에서는 별로 가치를 인정받지 못한다. 시에서 필요한 것은 새롭고 독창적인 세계 인식을 가능하게 하는 살아 있는 은유, 곧 창조적인 은유creative metaphor이다. 애당초 창조적이었던 은유도 관습의 때가 묻으면 죽은 은유가 된다. 매체의 신선했던 이미지가 약화되면서 점차 취지만 남기 때문이다. 미인의 눈썹과 입술을 나타내는 반달과 앵두를 예로 들 수 있다. 앵두 같은 입술은 그저 예쁜 입술을 가리킬 뿐이다. 이 비유에서 물기 흐르는 탱탱하고 빨간 앵두매체의 이미지는 사라졌다. 하지만 이처럼 죽은 은유도 시선을 달리하면 창조적인 은유로 다시 태어날 수 있다. 예컨대 '내 마음 속 우리님의 고은 눈썹을'서정주, 「동천」에서는 죽은 은유에서와 달리 반달이 취지로 눈썹이 매체로 바뀌면서 신선한 이미지를 낳는다. 문제는, 낡고 관습적인 비유가 아니라 세상을 바라보는 낡고 관습적인 시각이다. 낯설게 하기는 굳어 버린 우리 몸과 마음의 눈에 충격을 주어 세상을 새롭게 보게 한다. 취지와 매체 뒤바꾸기 같은 죽은 은유 비틀기도 그 한 출발점이 될 수 있다.

2.

여기 다양한 폐곡선으로 이루어진 시가 있다. 폐곡선은 이 시에서 반복적으로 드러나는 주재적主宰的 이미지로 하나의 상징 역할을 한다.

우리가 흔히 곡선이라고 부르는 것은 개곡선을 말한다. '곡선은 직선에 비해 부드럽고 자연에 가까운 선'이라고 말할 때의 곡선 역시 개곡선이다. 곡선을 굳이 개곡선이라 부르는 것은 폐곡선을 염두에 두었기 때문이다. 개곡선과 폐곡선의 가장 큰 차이는 열림開과 닫힘閉이다. 폐곡선은 출발 지점으로 다시 돌아오는 곡선이다. 곡선은 닫히면서 완강하고 인위적인 세계를 형성한다. 그 안에 들어온 것들은 개체로 존재할지라도 하나의 전체로 묶일 수 있다. 폐곡선은 닫힌 세계, 폐쇄된 세계를 보여 준다. 폐곡선은 자신을 중심으로 안과 밖을 나눈다. 그것은 나/너일 수도 있고 그 어떤 대립된 세계일 수도 있다. 원은 폐곡선 중에서 가장 긍정적이라 할 수 있다. 그러나 원도 폐곡선이다. 아무리 넓은 원도 그 안에 있는 것만 감쌀 수 있다. 온 우주를 감싸 안는 원은, 글쎄, 추상적인 대지모신大地母神의 사랑을 나타내는 기호 정도가 아닐까.

당신의 손을 닮은 폐곡선이 있지 그 손을 자주 닫히게 만드는 또 다른 손들 파르르한 정맥으로 우아하게 만났다 은근하게 헤어지는 손들이 있지 우리는 「미모사·1」에 들어서자마자 폐곡선을 만난다. 시적 화자는 '당신의 손을 닮은 폐곡선'을 아예 '그 손'으로 부름으로써 처음부터 폐곡선과 손과 당신의 손을 중첩시킨다. 그런데 우리가 만나는 폐곡선, 그 손, 당신의 손의 취지는 모두 미모사mimosa다. 그렇기 때문에 그 손을 자주 닫히게 만드는 또 다른 손들과 다른 은유들에 대한 이해는 미모사에 대한 실제 경험이 없으면 힘들다. 설령 이해한다 해도 피상적인 수준에 머무를 수밖에 없다.

현대시의 리듬은 말소리와 말뜻의 유기적인 상관관계에 의해 형성된다. 말소리와 말뜻은 D. 파커D. Parker가 말하는 시어의 4중 기능을 생각하면 된다. 시어는 발성sound과 동시에 의미meaning를 지시하고, 감정을 표현emotion하고, 이미지image를 환기한다. 현대시의 리듬은 여기에서 나온다. 그중에서도 이미지의 환기는, 크게 볼 때는 문체의 차이로 나타나지만 작게 볼 때는 비유 등의 차이로 나타난다. 시인들은 저마다 문체가 다르다. 그들은 똑같은 것을 다른 방식으로 쓰고 있는가? 아니면 다른 것을 쓰고 있기 때문에 다른 방식이 될 수밖에 없는가? 이 질문에 대한 내 대답은 이렇다. 분명한 것은 시인마다 문체가 다르다는 것, 즉 다른 방식으로 쓴다는 것이다. 같은 '무엇'을 쓰더라도 '어떻게'가 다르면 '무엇' 자체가 달리 나타난다. 비유에서 매체에 따른 이미지의 변화는 연쇄 변화를 낳는다. 그렇다고 '무엇'보다 '어떻게'가 중요하다는 것은 아니다. 독자의 상상력은 미모사와 손 모두에 영향을 받는다. 두 이미지는 병행, 중첩, 반복, 강약, 대비, 명암 등 여러 방식으로 독자의 상상력에 작용한다.

미모사는 살짝 건드리기만 해도 손바닥처럼 갈라진 깃털 모양의 잎을 오므리며 닫는다. 그래서 미모사는 신경초sensitive plant, 함수초含羞草라 불린다. 신경질적이며 민감하고 게다가 부끄러움 가득한 미모사를 사람들은 신기해서 장난삼아 자꾸 건드린다. 그럴 때마다 잎을 닫는 미모사는 몹시 스트레스를 받는다고 한다. 시인은 닫히는 미모사를 정맥이 파르르 떨리는 손에 비유한다. 손은 폐곡선이다. 미모사를 닫히게 만드는 또 다른 손들 역시 무수한 폐곡선이라 할 수 있다. 우리는 시의 첫 대목을 읽었을 뿐인데 이미 많은 익명의 손들, 폐곡선들을 만났다. 폐곡선들 중에서 지배적인 하나는 당신의 손이며, 당신의 손을 닮은 그 손, 미모사다.

놀이오르듯 날개를
접도 나비, 한 마리
청명 이 있지

3.

「미모사·1」은 당신의 손과 미모사가 취지냐 매체냐에 따라 두 부분으로 나뉜다. 미모사_{취지}는 폐곡선과 손, 손 중에서도 당신의 손_{매체}에 비유된다. 그러니 당신은 아마 함수초 같은 사람일 것이다. 이처럼 당신의 손은 줄곧 미모사의 매체 역할을 하다 '미모사처럼 닫히는'부터 취지가 된다. 짧은 그곳에 이 시의 핵심이 있다. 비유를 염두에 두고 먼저 미모사가 취지인 부분을 읽어 보자.

말없는 힘의 언어와

말하지 않는 언어의 힘 그 현란한 손금들을 소리 내어

읽어낼 힘이 내겐 없지만

　이 부분에서 가장 주목할 것은 말 없는 힘과 말하지 않는 힘, 읽어 낼 힘의 역학이다. 그 힘들을 수식하는 수식어들은 세 힘이 모두 언어와 연결되어 있음을 알려 준다. 말 없는 힘과 말하지 않는 힘은 힘의 언어와 언어의 힘인데, 두 언어 모두 침묵의 말없는, 말하지 않는 언어이다. 그래서 읽어 낼 힘은 침묵의 언어를 읽어 내 해독하는 힘이다. 말 없는 힘과 말하지 않는 힘은 읽어 낼 힘과 대립하는 것이다. 뿐만 아니라 서로 '우아하게 만났다/은근하게 헤어지는' 힘의 언어와 언어의 힘도 대립적이다. 정맥이 파르르하게 불거질 정도로 솟아나고 손금들이 현란하게 얽히는 모습이 바로 두 힘이 우아하고 은근하게 만나는 모습이다. 이 부분은 사람의 손이 닿았을 때 닫히는 미모사의 잎 모양에서 출발해 손과 손이 만나는 모습

 미모사의 꽃말은 민감, 섬세, 부끄러움, 예민한 마음이다.

을 보여 준다. 그러니 말 없는 힘은 당신의 손을 닮은 폐곡선인 미모사를 닫히게 만드는 다른 손들의 힘이며, 말하지 않는 힘은 수동적인 그 손의 힘이다. 닫힌 곡선을 또 닫히게 만드는 힘은 닫힘의 강화 효과로 인해 보다 강력하게 여겨진다. 그만큼 그 힘을 견디는 손의 완강함도 강화된다.

우리의 손과 손이 맞닿을 때 감정이 실려 핏줄이 솟는 경우는 사랑하는 사이나 증오하는 사이, 혹은 그 비슷한 사이일 것이다. 침묵은 무수한 해석을 가능하게 하는 모든 말이거나 아무 말도 아니다. 힘의 무언無言과 무언의 힘이 만날 때, 그 다양한 관계현란한 손금들는 해석하기 어렵다. 어쩌면 불가능할지도 모르겠다. 그래서 시적 화자는 해석할 힘이 내겐 없다고 고백한다.

읽어 낼 힘은 침묵을 읽어 낼 언어 해독 능력이라고 했다. 그것은 그냥 속으로 혼자 해독하는 능력이 아니라 크게 소리 내어 만인에게 공표하는 능력이다. 손과 손의 소리 없는 우아하고 은근한 만남과 헤어짐은 무엇인가 비밀스러운 금기의 느낌을 준다. 그런 만남과 헤어짐은 은밀하고 내밀하다. 그래서 우아와 은근은 소리 내지 않음과 연결되고, '소리 내어'는

'우아하게'와 '은근하게'에 대응한다. 소리를 내는 것은 분명히 드러내는 것이다. 드러나지 않은 사실을 드러나게 하는 것이다. 소리 내어 읽어 내는 힘은 숨겨진 진실을 드러나게 하는 힘이다. 금기를 어기고 비밀을 드러내기. 현란한 손금들을 잘 읽기란 매우 어렵다. 손금을 잘 읽으면 운명을 알 수 있다고 한다. 그런데 그럴 필요가 있을까.

4.

당신의 손이 취지인 부분을 읽으려면 '있지'로 마무리 되는 마지막 부분의 전개 방식에 유의해야 한다. 그 부분을 편의상 3문장으로 구분해 보자.

❶ 당신의 손을 닮은 우아한 폐곡선엔 우리의 무의식적인 포옹을 넘어서는 격렬함이 있지

❷ 모든 폐곡선 안엔 충동의 눈 먼 춤사위가 있지

❸ 미모사처럼 닫히는 당신의 손안엔 날아오를 듯 날개를 접는 나비 한 마리 있지

3문장은 모두 'X안에 Y가 있다'는 구조로 되어 있다.

❶의 '당신의 손을 닮은 우아한 폐곡선'은 ❷에서 '모든 폐곡선'으로 확산되고 ❸에서는 '미모사처럼 닫히는 당신의 손'으로 변주된다. 당신의 손과 미모사의 위치를 보니 ❶과 ❸에서 비유가 뒤집어졌다. 취지와 매체가 서로 자리를 바꾼 것이다. 그렇게 될 수 있는 근거가 ❶의 '우리'다. ❶의 '무의식적인 포옹'은 당신의 손을 닮은 미모사와 많은 익명의 손들의 포옹이 아니라 당신과 나, 우리의 포옹이다. 이제 중심은 우리이기 때문에, 비유에서도 취지는 당신의 손을 닮은 미모사가 아니라 미모사처럼 닫히는 당신의 손이어야 한다.

폐곡선x이 변주되면서 그 안에 있는 것Y 역시 '격렬함', '충동의 눈 먼 춤사위', '날아오를 듯 날개를 접는 나비'로 변주된다. ❸에서 폐곡선이 당신의 손으로 구체화되면서 '격렬함', '충동의 눈 먼 춤사위' 등의 추상적 표현 역시 '날아오를 듯 날개를 접는 나비 한 마리'로 구체화된다. 함수초 같은 당신은 여자일 것이고 그 안에서 날개를 접는 나비, 시적 화자는 남자일 것이다. 하지만 그 반대라도 상관없다. 어느 경우라도 '내 안에 네가 있다.'

그렇다면 무의식적인 포옹은 무엇일까? 그것 역시 손과 손의 만남의 연장으로 폐곡선의 일종이다. 연인들의 포옹은 완강하기 그지없는 폐곡선이다. 세상 어떤 것도 그 폐곡선 안으로 들어갈 수 없다. 그 안에는 오직 그들만 있다. 포옹에도 말 없는 힘의 언어와 말하지 않는 언어의 힘이 있고, 소리 내어 읽기 어려운 현란한 손금들이 있다. 거기에 대해서 시적 화자는 이렇게 말한다. 확실하게 드러내어 선언하거나 해석하거나 말할 수는 없지만 그 폐곡선에 있는 분명한 것은 '격렬함'이라고. 격렬함은 무의식적인 포옹을 넘어서는 것으로 '충동의 눈 먼 춤사위'이고 '날아오를 듯 날개를 접는 나비 한 마리'이다. 도대체 미모사처럼 닫히는 손을 가진 당신은 누구이며, 그 손 안에서 날아오를 듯 날개를 접는 나비는 누구인가. 그들의 포옹은 왜 우아하면서도 격렬한가. 그들의 만남이 비밀스러운 금기이기 때문인가. 아니면 충동의 눈 먼 춤사위 때문인가.

013 그리움엔 길이 없어 _박태일의 「그리움엔 길이 없어」

그리움엔 길이 없어

온 하루 재갈매기 하늘 너비를 재는 날

그대 돌아오라 자란자란

물소리 감고

홀로 주저앉은 둑길 한끝.

세상 한끝에서 둑길을 따라 그대가 돌아오라.
나 홀로 주저앉아 있는 다른 한끝으로.

1.

시와 산문의 장르적 특성이나 차이는 다양한 항목으로 제시될 수 있다. 디이터 람핑Dieter Lamping은 그중에서도 행갈이를 시의 주요 특성으로 보았다. 행갈이와 관련된 시어, 시행, 연의 분할과 조합은 작시법에서 매우 중요하다. 이런 분할과 조합의 기법 중에 시인들이 많이 애용하는 행간 걸침enjambement이 있다. 행간 걸침은 글자 그대로 하나의 시구가 의미상 한 행에서 끝나지 않고 다음 행까지 영향을 미치는 것이다. 행간 걸침의 빼어난 예로 자주 인용되는 황진이의 작품을 보자.

어져 내일이야 그릴 줄을 모르다냐
이시랴 하더면 가랴마는 제 구타야
보내고 그리는 정을 나도 몰라하노라

중장의 끝에 있는 '제 구타야'는 '자기가 구태여'라는 뜻이다. 바른 통사 구조라면 중장은 '제 구타야 가랴마는'이어야 한다. 그럴 때 중장은 구태여 님이 떠났겠냐는 단일한 의미만 지닌다. 그런데 '제 구타야'와 '가랴마는'이 자리바꿈을 함으로

써 세 가지 해석이 가능해진다. '자기가 구태여'의 '자기'가 떠난 님과 시적 화자 모두를 지칭하거나 어느 하나를 가리킬 수 있게 되는 것이다.

행간 걸침은 통사 구조는 물론 운율에도 영향을 미친다. 그런데 잘 쓰인 행간 걸침은 무엇보다 다양한 해석을 가능하게 하는 다중 의미를 낳는다. 의미의 확장이 없는 행간 걸침은 시어와 행갈이에 대한 단순하고 거친 실험일 뿐 무의미하다.

2.

좋은 시가 그렇듯이 「그리움엔 길이 없어」 역시 잘 읽히고 잘 기억된다. 익숙한 음수율을 활용하고 모음과 자음의 조화도 뛰어난 덕택이다. 예를 들어 2행은 '하루, 재갈매기, 하늘, 재는 날'의 시어가 3, 4, 5, 3의 음수율로 배치되었다. 그런데 이 시의 기막힘은 '자란자란'이라는 시어에 있다. 소리의 아름다움이 살아 있는 이 단어 하나로 빛나는 효과가 창출된다.

'자란자란'은 ❶그릇에 가득한 액체가 잔에서 넘칠 듯 말듯한 모양이나 ❷물체의 한끝이 다른 물체에 가볍게 스칠락 말락 하는 모양을 나타내는 말이다.

'자란자란'은 넘칠 듯 말 듯, 요란하지 않은 그리움에 맞게 조용히, 알 듯 모를 듯, 스칠락말락, 소리 없이, 거기에 그렇게 그대가 돌아오기를 바라는 마음을 잘 표현한다. '자란자란'의 뛰어난 쓰임은 여기서 그치지 않는다. '자란자란'은 의미상 3, 4행과 관련된 행간 걸침이 되고 그로 인해 다음 행인 '물소리 감고'도 행간 걸침이 된다. 이처럼 3, 4, 5행에 영향을 미치는 연쇄적인 이중의 행간 걸침이 다중 의미를 낳는다. 앞서 행간 걸침이 효과적으로 쓰이려면 문장이나 단어의 단순한 분할을 넘어 반드시 의미의 확장이 있어야 한다고 했다. 이 시에서는 먼저 '자란자란'이 앞뒤 행에 걸쳐지고, 이어서 '물소리 감고'의 시행 전체가 앞뒤 행에 걸쳐지면서 총체적으로 의미가 확충된다.

그렇다면 두 번의 행간 걸침은 얼마나 많은 의미의 확장에 기여했을까. 행간 걸침이 없게 시를 임의로 고쳐 써보면 그것을 분명히 알 수 있다.

그대 자란자란 돌아오라
홀로 물소리 감고

주저앉은 둑길 한끝.

위의 예문에서 통사적 혼란이나 그에 따른 다중 의미는 볼 수 없다. '자란자란'은 오직 '그대'에게 걸리고 '물소리 감고' 역시 화자에게만 걸릴 뿐이다. 하지만 '자란자란'과 '물소리 감고'가 본래의 시에서처럼 자리를 옮겨 행간 걸침이 되면 사정은 달라진다. 행간 걸침의 복잡한 연쇄 효과로 얻어진 의미망 한가운데 그대와 물소리와 시적 화자가 있다. '자란자란'은 그대와 물소리 모두 혹은 어느 하나와 결합할 수 있다. '물소리 감고' 역시 그대와 화자 모두 혹은 어느 하나와 연결될 수 있다. 시어 자체의 변화 없이 단지 적절한 자리 옮김만으로 새롭고 풍성한 의미망이 형성된다.

이 시에서 다중 의미는 행간 걸침에만 있는 것이 아니다. '감다'는 또 어떤가. '물소리 감고'에서의 '감다'는 '목도리를 감다'처럼 감싸다, 둘러싸다는 뜻일 것이다. 그런데 '감다'에서 '멱을 감다', '머리를 감다'처럼 물에 몸을 담가 씻는다는 의미를 읽을 수는 없는 것일까.

3.

「그리움엔 길이 없어」는 1, 2행과 3, 4, 5행의 두 부분으로
나뉠 수 있다. 둑길 한끝에 주저앉은 화자가 눈에 들어온 재
갈매기를 1, 2행에서 그리고 있다. 재갈매기는 화자, 더 구체
적으로는 그가 품은 그리운 마음의 객관적 상관물이다.

화자는 재갈매기가 하늘을 나는 강둑길 한끝에 하루 종일
앉아 있다. 그는 왜 그렇게 하염없이 앉아 있는가. 그대가 그
립기 때문이다. 그런 화자의 눈에 하늘을 나는 재갈매기가 보
이고 그 순간 그는 재갈매기가 된다.

일정한 목표나 방향 없이 강 주변의 하늘을 나는 재갈매기
는 마치 하늘이 얼마나 큰지 알아보려고 온종일 그렇게 하늘
을 이쪽저쪽 오락가락하는 것 같다. 재갈매기가 하늘 너비만
재고 있는 것은 길을 모르기 때문이다. 그 길은 그대에게 닿
는 길이다. 그리움을 따라 나 있는 그 길을 가다 보면 그대가
있을 것이다. 그런데 화자는 그 길을 모르는 것이 아니다. 그
길은 처음부터 아예 없다. 길이 없으니 화자는 노력해도 갈
수 없다. 종일 이렇게 그대를 기다릴 수밖에. '홀로'와 '한끝'이
화자의 외로움을 배가시킨다. 또한 '한끝' 다음의 마침표는 그

가 앉아 있는 그곳이 더 이상 나아갈 데 없는 길의 끝이라는 분명한 느낌을 준다. 그러니 이제 방법은 하나다. 세상 한끝에서 둑길을 따라 그대가 돌아오라. 나 홀로 주저앉아 있는 다른 한끝으로.

★★ 「그리움엔 길이 없어」는 박태일의 세 번째 시집 『약쑥 개쑥』의 이를테면 서시序詩다. 꼭 그래서는 아니지만 이 시의 '그대'를 사랑하는 사람으로만 읽을 필요는 없다. 좋은 연애시를 읽을 때, 다양한 층위의 '님'을 발견하는 것도 즐겁다.

가장 단단하다는 대추나무는

여린 잎새를 수없이 매달았다가

비바람 몰아친 밤

그중 먼저 새 잔가지들을

落傷시켰다.

어쨌다는 거냐.

화창하게 개일 봄날의 예감

섬섬옥수 오, 섬섬옥수

014 소곡

_신중신의 「소곡(小曲)」 中에서

불타는 말 접어두고 시방

시오리길쯤 나선 걸음으로 그대 찾아가거니,

모란꽃 빛깔 잃지 않을 저녁답까진

산그림자마냥 가 닿겠거니.

예술 작품은 하나하나가 완전한 세계라 할 수 있다. 그런 만큼 한 편의 문학 작품을 대할 때 전체성을 간과해서는 안 된다. 하지만 전체가 모호한 시편도 부분이 아름답고 감동적일 수 있다. 전체가 좋은 시 역시 어느 한 부분이 특별히 더 마음에 와 닿을 수 있다. 그럴 경우 먼저 마음 가는 대로 읽어 보자. 그렇게 읽는 것 또한 독자가 누릴 수 있는 자유의 하나니까.

여기 「소곡」이라는 시가 있다. 정확히 말해서 「소곡小曲」의 3연이 있다. 나는 「소곡小曲」의 3연을 「소곡小曲」 속의 「소곡」으로 부르겠다. 글자 그대로 '작은 노래'인 이 시는 제목에 어울리게 간결하다. 그리고 아름답다. '불타는 말', '시방', '모란꽃 빛깔', '저녁답', '산그림자' 같은 시어가 비유 등을 통해 빚어내는 이미지와 울림이 좋다.

불타는 말 접어두고 시방

시오리길쯤 나선 걸음으로 그대 찾아가거니,

모란꽃 빛깔 잃지 않을 저녁답까진

산그림자마냥 가 닿겠거니.

그림자는 저 홀로 존재할 수 없다. 그림자는 인간을 포함해 어떤 존재, 사물이 있어야 생긴다. 그래서 그림자는 반드시 '무엇'의 그림자다. 그림자의 존재 조건은 이것뿐이 아니다. 그림자가 생기려면 빛이 있어야 한다. 밝고 환한 빛이 어둡고 검은 그림자를 만든다. 주체는 그대로인데 그림자는 빛에 따라 그 모양과 색이 변한다. 그러니 그림자는 빛의 아이다.

그림자는 존재와 빛의 이면이다. 겉으로 드러나지 않은 것, 속마음, 무의식, 영혼 등을 표상하는 그림자는 정신이나 심리를 다루는 학문에서 자아의 분신이나 존재의 겹으로 여겨진다.

늦은 오후가 될수록 사물의 그림자는 길어진다. 그림자는 해질 무렵 가장 길다. 해가 지고 어둠이 내리면 그림자는 사라진다. 사방이 검은 어둠뿐인 세상에서는 그림자 또한 어둠의 일부가 된다. 이 시에서 해가 기울수록 점점 길어져 커지는 산 그림자는 산의 이면이다. 움직일 수 없는 높고 육중한 산의 내면이다. 그렇다면 산은 무엇일까? 산은 그저 산인가? 산은 움직일 수 없어 어디에도 갈 수 없는 '나', 시적 화자인 것 같다. 산의 그림자는 그런 화자의 내면, 마음인 것 같다. 그 마음이 시방 온통 그대를 향한 그리움으로 가득 차 있다. 나

138

는 갈 수 없지만 내 마음은 그대에게 줄달음친다. 그런 마음이 점점 커지는 산 그림자로 형상화된다. 그림자가 길어질수록 내가 그대에게 닿을 수 있는 가능성도 커진다. 그림자는 그대에게 가까워지는 기쁨이다. 마음이 그림자로 가기 때문이다. 길어진 산 그림자는 멀리 어디까지, 평소 갈 수 없던 곳까지, 소리 없이, 천천히, 그렇게 가 닿을 것이다.

산 그림자를 만드는 빛이 바로 모란꽃 빛깔이다. 산 그림자는 모란꽃 빛깔의 이면이다. 모란꽃이 만개해 빛깔이 진하면 진할수록 그림자도 크고 진해진다. 모란꽃 빛깔은 다름 아닌 노을이다. 시인은 해가 지기 직전의 붉고 진한 노을을 만개한 모란꽃 빛깔로 표현했다. 그런데 노을을 '모란꽃 빛깔'에 비유함으로써 노을이 사라지는 것은 '꽃이 지는 것'이 되고 더 구체적으로는 '모란꽃이 지는 것'이 된다. 우리는 여기서 김영랑의 저 유명한 시「모란이 피기까지는」을 자연스레 떠올리게 된다. 잘 쓰인 비유 하나가 앞선 시의 의미망을 통째로 끌어온다.

모란이 지고 말면 그뿐, 내 한 해는 다 가고 말아,

「모란이 피기까지는」에서 활짝 핀 모란은 봄의 절정이며 삶의 절정이다. 절정은 찰나다. 뻗쳐오르던 한 순간의 도취다. 그 순간이 지나면 모란은 자취도 없어진다. 그래서 모란은 찬란한 슬픔의 봄이다. 이 시의 화자에게 찰나의 도취 없는 삶은 무의미하다.

사라지기 직전에 가장 크고 빛나는 존재의 속성을 꽃처럼 잘 보여 주는 것도 드물다. 붉고 화려하게 만개한 모란꽃은 찬란함과 덧없음을 동시에 드러낸다. 이 이미지에 대응하는 '산 그림자'는 소리 없음, 조용함, 소박함, 은근함을 나타낸다. 지기 직전의 모란꽃 빛깔은 어두워지기 직전의 불타는 노을이고, 붉은색과 타오름으로 인해 불타는 노을은 '불타는 말'에 연결된다. 산 그림자는 모란꽃 빛깔, 불타는 노을, 불타는 말이 만들었다. 그래서 산 그림자는 짧고 덧없지만 사랑의 극점인 강렬한 열정의 이면이다. 그것은 노을이 스러지고 나면, 다시 말해 모란꽃이 지고 나면 함께 사라질 수밖에 없다. 꽃이 지듯 그림자도 지고 말 것이다.

타올라 재가 될 말이 사라지기 전에, 만개해 시들 꽃이 빛깔을 잃기 전에, 나는 그대에게 불타는 말은 접어 두고, 그러나 불타는 말로 산 그림자로 가 닿겠다. 그러자니 마음은 벌써 시오 리 길쯤 나선 걸음이다. 사랑이 정점에 달해 폭발하려는 순간, 그림자는 소리 없이 넓고 깊게 퍼진다. 노을이 지기 직전의 해질 녘 산 그림자는 터지기 직전의 열정적인 사랑과 그 사랑이 정신적으로 승화되는 접점을 시각적으로 잘 보여 준다.

  마음이 천리를 간다. 지극한 마음이 그대에게 간다. 그대는 알까, 알아들을까. 소리 없는 산 그림자가 불타는 말인 것을. 살며시 다가와 '그대'를 덮는 불타는 말을.

★ 「소곡小曲」 속의 「소곡」을 읽었다. 이제 각자 「소곡小曲」 전문을 읽을 차례다.

015

상생

_고두현의 「상생(相生)」

그리움이 너무 깊어 연지에 닿으시면

제 마음 가득한 물결 그곳에

있습니다. 연잎이 아니 뵈면

목란배 묶어놓고 새벽빛 푸를 때까지

물 곁에 머무소서. 이슬 맑은 바람 아래

부끄러이 가둔 꽃잎, 견디고 견디다가

향기진 봉오리 끝 터지는 그 소리를

아소 님만 혼자 들으소서

아소 님하,

그곳에 그대의 작은 배를 매고, 향기진 연꽃 봉오리 필 때까지 머무르시길

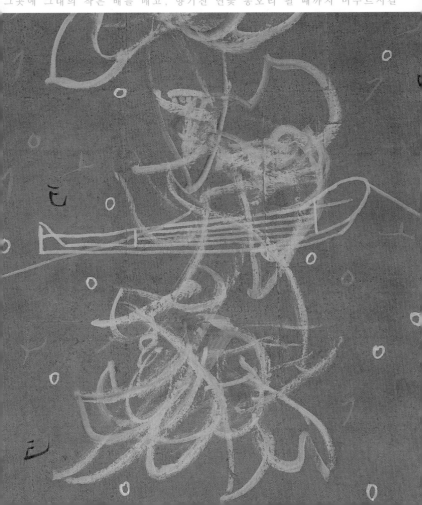

「상생」은 그윽한 연애시다. 「상생」을 읽고 나면 가슴속에 이슬 맑은 바람이 잔잔히 빛난다. 고운 시어와 어조 때문에 「상생」의 시적 화자는 여자인 것 같다. 더구나 연지蓮池, 목란배蘭舟, 아소 같은 시어가 예사롭지 않다. 화자는 님을 그리워하는 여인, 그것도 현대가 아니라 옛 왕조 어디쯤 살고 있는 여인인 것 같다. 그런데 화자는 정말 여자일까? 표제 '상생相生'에서, '상相'의 서로는 화자와 누구를 말하는가?

시와 시가 대화를 나눌 때가 있다. 사람 간의 대화는 물론 어떤 대화도 일방통행이어서는 안 된다. 예술 장르나 작품 사이의 대화도 마찬가지다. 발화發話의 수화자受話者는 상대의 심중을 잘 헤아려 화답해야 한다. 그것이 상생이다. 그것이 남녀가, 더 나아가 모든 사람이 조화롭게 화합해 발전하는 상생의 시작이다. 「상생」은 허난설헌許蘭雪軒의 「채련곡採蓮曲」을 품고 있다.

맑은 가을 긴 호수에 벽옥 같은 물 흐르고
무성한 연꽃 속에 목란배를 매었다네.
임 만나 물 건너로 연밥을 던지다가

남의 눈에 띄었을까 반나절 무안했네.

秋淨長湖碧玉流 蓮花深處繫蘭舟

逢郎隔水投蓮子 或被人知半日羞

— 허난설헌, 「채련곡(采蓮曲)」

정민의 해설을 길잡이 삼아 「채련곡」을 읽어 보자.

시적 화자인 나는 쪽빛 하늘을 닮아 벽옥처럼 푸른 가을 호숫물 위로 쪽배를 저어 간다. 내가 연꽃이 가장 무성한 곳 아래 배를 묶는 것은 연밥을 따기 위해서가 아니다. 물가에서 임과 만나기로 약속했기 때문이다. 나는 임과 몰래 만나는 모습을 다른 사람들에게 들키지 않으려고 무성한 연잎 속에 숨어 임이 오시기를 기다린다. 마침내 저쪽에서 임이 이리저리 나를 찾으며 내가 있는 물가 쪽으로 걸어와 멈춰 선다. 나를 찾지 못하는 그가 안타깝다. 그래서 연밥 하나를 따서 불쑥 임의 발치에 던졌다.

'연자蓮子'는 '연자憐子', 곧 '그대를 사랑한다'는 말과 발음이 동일하다. 따라서 내가 임의 발치에 던진 연밥은 단순히 '저여기 있어요'가 아니라 사실은 '당신을 사랑해요'라는 의미를 담고 있다.

　연꽃이 불심佛心만 나타내는 것은 아니다. 중국 강남땅 아가
씨들의 사랑 노래인 「채련곡」에서 보듯이 연꽃은 남녀 사이
애정의 꽃이기도 하다. 채련採蓮은 '연인을 골라 정하는 것'이
고, 연자蓮子는 '당신을 사랑한다'는 고백이다. 그런 만큼 여러
시인들이 다양한 「채련곡」을 지었다. 그중에는 허난설헌이 배
웠다는 이달李達의 「채련곡」과 중국 주상朱湘의 「채련곡」, 천
하절색 서시西施가 연밥 따는 자태를 노래한 이백李白의 「채련
곡」 등이 있다. 그렇다 해도 시상의 전개나 선택된 시어를 볼
때 「상생」은 허난설헌의 「채련곡」에 대한 화답으로 여겨진다.

　「상생」의 대화 상대가 허난설헌의 「채련곡」이라면 「상생」
의 화자는 「채련곡」의 여인이 연밥을 던지며 사랑을 고백한
상대, 님이여야 한다. 당연히 그는 여자가 아니라 남자일 것
이다. 그런데 시로 나눈 대화를 잘 살펴보면 「상생」이 먼저고
「채련곡」이 나중이다. 다시 말해 님이 여인을 연지로 초대하
고 여인은 님의 초대에 화답한 것이다.

　「상생」과 「채련곡」을 나란히 놓으면 남녀 화자가 번갈아 나
오는 고려 속요 「이상곡履霜曲」이나 「만전춘별사滿殿春別詞」가 떠

오르기도 한다. 느닷없이 웬 고려 속요인가? 의아함은 '아소'
에 눈이 가는 순간 사라진다.

  '아소'는 아서라, 마시오,라는 금지나 자기의 의견을 고집,
강조하는 의미로 쓰이는 감탄사다. 고려 속요에는 '아소 님하'
가 쓰인 것이 많다. 「상생」은 고려 속요도 품고 있다.

  아소 님하 어마님ㄱ티 괴시리 업세라. 『악장가사(樂章歌詞)』, 「사모곡(思母曲)」

 정민, 『꽃들의 웃음판』, 사계절, 2005, pp. 26~29.

 경북 상주의 「연밥 따는 노래」 또한 모심을 때 부르는 노동요이면서 연밥
  따는 처녀와 사내의 수작이 흥겨운 사랑 노래이기도 하다.

    상주 함창 공갈못에
    연밥 따는 저 큰애기
    연밥 줄밥 내 따줄게
    요 내 품에 잠들어라
    잠들기는 늦잖아도
    연밥 따기 한철일세

 연잎은 들쑥날쑥 연밥은 많은데 (蓮葉參差蓮子多)
  연꽃 사이에서 아가씨 노래 부르네 (蓮花相間女郎歌)
  돌아갈 때 횡당 어귀에서 만나자고 했으니 (歸時相約橫塘口)
  애써 배를 저어 물결을 거슬러 올라가네 (辛苦移舟逆上派)

아소 님하 도람 드르샤 괴오쇼셔.
『악학궤범(樂學軌範)』, 정서(鄭敍), 「정과정(鄭瓜亭)」

아소 님하 遠代平生에 여힐술 모르읍새.
『악장가사』, 「만전춘별사」

아소 님하 훈티 녀젓 期約이이다. 『악장가사』, 「이상곡」

「상생」에서는 '아소' 다음에 '님하'가 생략되었다고 보면 된다. '아소 님하' 다음에는 3음보의 시구가 나오는 것이 속요의 정형이다. 「상생」 역시 '아소' 다음의 시구가 3음보이다.

아소 (님하) 님만/혼자/들으소서.

허난설헌이 조선의 여인이라면 「상생」의 화자는 현대에 환생한 고려의 남자다. 두 사람이 나누는 사랑의 대화는 깊고 유장하리라.

그리움이 너무 깊어 연지에 닿으시면 제 마음 가득한 물결 그곳에 있습니다.

맑은 가을 긴 호수에 벽옥같은 물 흐르고

연잎이 아니 뵈면 목란배 묶어놓고 새벽빛 푸를 때까지 물 곁
에 머무소서.
무성한 연꽃 속에 목란배를 매었다네.

이슬 맑은 바람 아래 부끄러이 가둔 꽃잎, 견디고 견디다가 향
기진 봉오리 끝 터지는 그 소리를
임 만나 물 건너로 연밥들 던지다가
아소 님만 혼자 들으소서.
남의 눈에 띄었을까 반나절 무안했네.

푸른 새벽빛 받아 옥빛으로 빛나는 호숫물은 내 마음이다.
그곳에 그대의 작은 배를 매고, 향기진 연꽃 봉오리 필 때까
지 머무르시길. 애써 견디던 꽃봉오리 마침내 터지는 그 소리
는 '당신을 사랑한다'는 고백이다. 그 고백, 혹여 누가 들을까
저어되니 부디 님만 혼자 들으소서.

016

빈 집 두 채

빈집 · 1_문태준의 「빈집 1」

흙더버기 빗길 떠나간 당신의 자리 같았습니다 둘 데 없는
내 마음이 헌 신발들처럼 남아 바람도 들이고 비도 맞았습
니다 다시 지필 수 없을까 아궁이 앞에 쪼그려 앉으면 방고
래 무너져내려 피지 못하는 불씨들

종이로 바른 창 위로 바람이 손가락을 세워 구멍을 냅니다
우리가 한때 부리로 지푸라기를 물어다 지은 그 기억의 집
장대바람에 허물어집니다 하지만 오랜 후에 당신이 돌아와
서 나란히 앉아 있는 장독들을 보신다면, 그 안에 고여 곰팡
이 슨 내 기다림을 보신다면 그래, 그래 닳고 닳은 싸리비를
들고 험한 마당 후련하게 쓸어줄 일입니다

빈집 _기형도의 「빈집」

사랑을 잃고 나는 쓰네

잘 있거라, 짧았던 밤들아

창밖을 떠돌던 겨울 안개들아

아무것도 모르던 촛불들아, 잘 있거라

공포를 기다리던 흰 종이들아

망설임을 대신하던 눈물들아

잘 있거라, 더 이상 내 것이 아닌 열망들아

장님처럼 나 이제 더듬거리며 문을 잠그네

가엾은 내 사랑 빈집에 갇혔네

빈집, 하면 무엇이 떠오르는가. 눈을 감고 떠오르는 그림을 한번 보기로 하자. 사람에 따라 그림의 형태나 배경 등이 다를 것이다. 또 빈집, 하면 어떤 정황과 상태가 떠오르는가. 비어 있음으로 인한 황량함? 쓸쓸함? 등등?

여기 무엇인가로 꽉 찬 빈집이 두 채 있다. 문태준의 「빈집·1」과 기형도의 「빈집」이 그것이다. 둘 모두 사랑을 잃고 쓴 시다.

사랑을 잃고 나는 쓰네

직정直情적이고 선언적이며 도발적인 첫 행이 인상적인 「빈집」은 잘 알려진 시다. 많은 독자들이 기형도를 「빈집」의 시인으로 기억할 정도다. 그런 만큼 나는 문태준의 「빈집·1」을 주로 읽겠다.

빈집에는 아무도 없다. 그것이 빈집의 표면적인 의미다. 그런데 빈집이 표제인 두 시를 읽은 직후 한쪽은 남고 한쪽은 떠난 것 같다. 하지만 그것은 느낌일 뿐 결국 모두 남아 있다. 문태준의 「빈집·1」은 시적 화자의 기다림으로 꽉 차 있고 기형도의 「빈집」은 시적 화자가 가둔 사랑으로 꽉 차 있다. 「빈집·1」의 시선은 미래를 향해 있고, 「빈집」의 시선은 과거를 향해 있다. 미래는 좋고 과거는 나쁘다는 의미가 아니다. 화자가 눈을 어디에 둘지는 그의 세계관과 그가 살아 낸 사랑과 고통의 질과 양이 결정한다. 사랑에 관한 한 선험적으로 옳고 그른 것은 없다.

「빈집·1」에서 화자가 버린 것은 이별로 끝난 아픈 사랑에 대한 기억이다. 그 사랑과 기억은 모두 허물어져 남아 있지 않다. 그 자리를 대신해 기다림이 빈집을 가득 채우고 있다. 거기에 이르기 위해 화자는 바람도 들이고 비도 맞는다. 반면 「빈집」에는 화자의 사랑과 그 기억이 고스란히 남아 있다. 그 것은 바람도 비도 드나들 수 없는 방 안에 갇힌 채 무너져 내릴 수도 허물어질 수도 없다. 누군가 잠긴 문을 열어 주기 전에는 그 방 안에서 벗어날 수 없어 아우성칠 뿐이다. 「빈집」의 화자는 기억을 가둠으로써 영원히 그 기억의 포로가 된다. 그는 이제 자기 내부의 상처를 제외하고는 '장님처럼' 아무것도 볼 수 없다. '잘 있거라', '잘 있거라', '잘 있거라', 절규하듯, 자기에게 다짐하듯 외치지만 정작 그는 사랑을 떠날 수 없다. 그는 사랑의 수인囚人이다. 아름답지만 고통스러운 수인이다.

문태준의 「빈집·1」은 꽉 차 있으면서 비어 있는 집이다. 좀 더 정확히 말해서 「빈집·1」은 채우고 비우고 채우는 과정을 거친 집이다. 화자가 사랑과 사랑의 기억으로 채운 뒤 그것을 비우고, 다시 기다림으로 채운 집이다. 세상 어느 것보다 버리기 어려운 사랑을 비워 낸 자리에 채워진 그리움은 맑고 깊다. 그것은 장독의 장醬처럼 내면의 지극한 발효 과정을 거친 사랑의 모습이다. 「빈집·1」은 비우기 위해 1연과 2연의 절반을 할애한다.

흙더버기 빗길 떠나간 당신의 자리 같았습니다 둘 데 없는 내 마음이 헌 신발들처럼 남아 바람도 들이고 비도 맞았습니다 다시 지필 수 없을까 아궁이 앞에 쪼그려 앉으면 방고래 무너져 내려 피지 못하는 불씨들

당신은 빗길을 떠나갔다. 비가 내리기 전, 그러니까 당신이 떠나기 전 나는 마당을 쓸지 않았다. 그래서 생긴 '흙더버기'는 남겨진 내 존재 같다. 떠나간 당신이 내 마음에 남긴 자리

같다. 그런 내 마음은 마치 주인 잃은 '헌 신발들'처럼 둘 데가 없다. 당신이 떠나고, 내 마음에는 바람이 불고 비가 내려도 아직 내 사랑은 다하지 않았다. 꺼져 가는 사랑의 남은 불씨들을 다시 지필 수는 없을까. 그러나 어쩌랴. 애써도 방고래는 이미 무너져 내렸다.

1연은 당신이 떠나간 직후 남겨진 화자의 고통을 보여 준다. 화자는 다 타지 못한 사랑에 대한 미련으로 괴롭다. 하지만 상황은 돌이킬 수 없다. 방고래를 시작으로 집은 무너지기 시작했다. 1연에 이어 2연은 시간이 어느 정도 지나 와해된 집, 완전히 비워진 집을 보여 준 뒤, 이어서 다시 세워질 집에 대한 희망을 노래한다.

종이로 바른 창 위로 바람이 손가락을 세워 구멍을 냅니다
우리가 한때 부리로 지푸라기를 물어다 지은 그 기억의 집
장대바람에 허물어집니다

'흙더버기 빗길 떠나간 당신처럼', 이 시에서 비와 바람은 모든 것을 날리고 부수고 떠나게 한다. 내 마음헌 신발들을 황량

하게 만들던 바람은 창문 종이를 찢고, 더 큰 장대 바람이 되어 집 전체를 허물어 버린다. 그런데 그 집은 어차피 바람이 불면 날아갈 지푸라기로 만든 집이었다. 부리로 지푸라기를 물어다 함께 지은 둥지에서 당신이 날아가 버렸을 때, 이미 집은 무너지기 시작했다. 그 집은 다른 집이 아니라 '기억의 집'이다. 사랑의 기억으로 가득했던 집은 사상누각이었다. 이제 사라진 '기억의 집' 자리에 '기다림의 집'이 자리 잡는다. 다 무너지고 비워진 뒤, '하지만', 집은 다시 채워진다.

…… 하지만 오랜 후에 당신이 돌아와
서 나란히 앉아 있는 장독들을 보신다면, 그 안에 고여 곰팡이
슨 내 기다림을 보신다면 그래, 그래 닳고 닳은 싸리비를 들고
험한 마당 후련하게 쓸어줄 일입니다

내 마음은 사그라지는 불씨들을 다시 지피려는 헛된 노력을 버렸다. 대신 곰팡이 슨 콩 덩어리가 맑고 향기로운 장이 되듯 원망과 고통을 끌어안고 삭였다. 그렇게 삭여진 내 마음이 기다림으로 승화되어 장독 안에 고였다. 사실 당신은 내게

서 한 번도 떠난 적이 없다. 내 마음은 언제나 짝을 이루고 있었다. 헌 신발들이었고 나란히 앉은 장독들이었다. 내 마음, 내 기다림 안에서 우리는 하나다.

사람을 온전히 사랑하는 일은 뒤편을 감싸 안는 일이다. 대부분의 사람은 뒤편에 슬픈 것이 많다. 당신도 그럴 것이다. 그러므로 누군가를 사랑하는 일은 마치 비 오기 전 마당을 쓸 듯 그의 뒤로 돌아가 뒷마당을 정갈하게 쓸어 주는 일이다.

당신 떠나갈 때처럼 다시 비가 내리려는가. 여기 닳고 닳은 내 기다림의 상관물인 싸리비가 있다. 나는 당신이 그 싸리비를 들고 내 마음의 험한 뒷마당을 쓸어 주기를 기다린다. 사람을 온전히 사랑하는 일, 내 마음이 다시 흙더버기가 되지 않도록 하는 그 일은 오직 '당신'만 해줄 수 있다.

문태준이 천양희의 시 「뒤편」을 해설한 글 중에서. (「중앙일보」, 2006. 1. 11.)

017 지렁이 두 마리

隱者가 몸소 나와 배밀이 하라

화려한 오독 _임영조의 「화려한 오독」

장마 걷힌 칠월 땡볕에
지렁이가 슬슬 세상을 잰다
시멘트 길을 온몸으로 긴 자국
행서도 아니고 예서도 아닌
초서체로 갈겨쓴 일대기 같다
한평생 초야에 숨어 굴린 화두를
최후로 남긴 한 행 절명시 같다
그 판독이 어려운 일필휘지를
촉새 몇 마리 따라가며 읽는다

혀 짧은 부리로 쿡쿡 쪼아 맛본다
제멋대로 재잘대는 화려한 오독
각설이 지렁이의 몸보다 길다
오죽 답답하고 지루했으면
隱者가 몸소 나와 배밀이 하랴
쉬파리떼 성가신 무더위에
벌겋게 달아오른 肉頭文字로.

삶 _황지우의 「삶」

비 온 뒤

또랑가 고운 泥土 우에

지렁이 한 마리 지나간 자취,

5호 唐筆 같다.

一生一代의 一劃,

劃이 끝난 자리에

지렁이는 없다

나무관세음보살

하나의 사물이나 상황이 여러 시인에게 동일한 상상을 하게 만드는 경우가 종종 있다. 그것을 우리는 '보편 상징', '원형' 등 여러 말로 부르는데, 보통 그런 상징이나 비유는 신선미나 감동을 전하는 데 불리하다. 장력張力이 떨어지기 때문이다. 그런데 많은 사람들에게 같은 기의記意를 연상시키는 기표記表가, 그 기의를 벗어나지 않으면서도 장력을 유지하는 경우가 있다. 그 기표가 우리로 하여금 세계에 대한 미지의 새로운 발견이 아니라, 잊었거나 무시했던 기지旣知의 사실이나 진리를 새삼 알게 하는 힘을 발휘할 때 그렇다. 그때 우리는 낯익은 기표에서 서늘한 감동을 얻는다.

우리의 일회적인 삶, 그 불가역의 궤적을 지렁이에 의탁해 형상화한 시가 꽤 있다. 지렁이는 시로 쓰는 인생론에 잘 어울리는 것 같다. 시로 쓴 인생론인 임영조의 「화려한 오독」과 황지우의 「삶」도 지렁이가 중심이다. 한 치를 나아가기 위해 온몸으로 바닥을 밀어야 하는 지렁이. 지렁이는 눈도 다리도 없이 그렇게 수많은 환環을 굴려 가역이 불가능한 한 획을 긋는다. 그것이 꼭 우리 삶 같다. 삶은 「화려한 오독」에서는 일필휘지, 초서체로 쓴 일대기, 한 행 절명시이고, 「삶」에서는 5호

당필로 쓴 일획이다. 온정신과 기를 모아 자기 전 존재를 실어 그어야 하는 동양화의 묵선. 두 시는 같은 상상력에서 출발하지만 표제가 그렇듯 많이 다르다.

　一生一代의 一劃
　劃이 끝난 자리에
　지렁이는 없다

「삶」은 선시禪詩를 연상시킨다. 「화려한 오독」은 어떤가. 「삶」보다 길이도 길고 시적 대상물도 많은 「화려한 오독」의 읽기가 끝난 뒤, 각자 '삶'을 생각해 볼 일이다.

　시도 다른 예술처럼 예술 체험의 핵심인 즐거움과 깨우침을 함께 주어야 한다. 물론 우리가 얻는 즐거움과 깨우침의 크기는 각각의 시편에 따라 다르다. 하지만 어떤 경우든 즐거움만 주거나 깨우침만 주는 시는 좋은 시가 아니다. 가장 이상적인 시는 풍부한 즐거움 속에 깊은 깨우침을 담은 시다.

　「화려한 오독」은 표제만큼 해학적이다. 그런데 해학이란 무엇일까? 문학적 해학의 개념을 정의하기는 어렵다. 해학과

익살, 유머, 위트, 골계, 풍자 등의 경계는 분명하지 않다. 특히 해학과 풍자는 비판을 동반한 웃음이라는 점에서 곧잘 혼용된다. 하지만 해학과 풍자는 다르다.

이희승은 해학이 곡선성을 갖고 있다고 했다.☚ 해학이 곡선이라면 풍자는 직선이다. 풍자는 주체와 대상과의 거리가 짧아 에둘러 갈 여유가 없다. 급소를 겨냥해 정면에서 찌르는 칼과 같다. 해학은 멀리서 날린 화살이다. 급소를 맞추지 않아도 아픔은 깊고 오래간다. 그만큼 반성도 길다. 풍자가 현실 속에서 현실을 비판하는 태도라면 해학은 현실을 비켜서서 보는 태도다. 그래서 해학은 부분이 아니라 전체를 내려다보는 넉넉함을 지닌다. 도덕군자의 신념에 찬 삶도 해학의 시선으로 보면 웃기는 희극일 수 있다. 해학은 조요한의 말처럼, 근저에 일종의 윤리성ethos이 있는 웃음, 일상에서 발견되는 졸렬한 모습들에 대한 고발정신이 깃들어 있는 웃음☚이다. 해학은 자기 자신조차 한발 물러서서 볼 수 있게 한다. 해학의 유희적 속성은 우리 삶의 희로애락을 웃음으로 승화시켜 받아들이게 한다. 해학 안에서는 성聖과 속俗까지 하나가 될 수 있다.

「화려한 오독」은 처음부터 해학적이다.

장마 걷힌 칠월 땡볕에
지렁이가 슬슬 세상을 잰다
시멘트 길을 온몸으로 긴 자국
행서도 아니고 예서도 아닌
초서체로 갈겨쓴 일대기 같다
한평생 초야에 숨어 굴린 화두를
최후로 남긴 한 행 절명시 같다

지렁이는 땅속에 사는 동물이어서 평소 잘 눈에 띄지 않는다. 비 온 뒤 땅 위에 지렁이가 많은 이유는 땅속 자기 삶의 공간이 물로 가득 차 숨을 쉴 수 없기 때문이다. 지렁이는 살기 위해 밖으로 나온다. 하지만 지렁이에게 비 개인 하늘에서 내리쬐는 햇빛은 삶의 빛이 아니다. 더구나 칠월 장마 끝 땡

 이희승, 「멋」, 『현대문학』, 1956년 3월호, p.13.

 조요한, 『한국미의 조명』, 열화당, 2004, p.162.

초설레로 갈겨쓴 일대기

볕 아래 지글지글 끓는 시멘트 길 위의 지렁이라면 그 움직임
은 죽음의 몸부림이다. 힘겹게 몸을 밀며 나가지만 지렁이는
곧 죽을 것이다. 이것이 사실이다. 그런데 화자는, 짐짓 지렁
이가 세상의 크기와 넓이를 재고 있다고 말한다. 그것도 슬
슬. 지렁이의 태도는 세상이 크면 얼마나 크고, 넓으면 얼마
나 넓겠냐는 듯 유유자적하다. 여기서 멈췄다면 사실의 비틀
기에 그친다. 하지만 화자도 느긋한 지렁이가 죽음을 앞둔 운
명임을 잘 알고 있다. 그래서 지렁이의 궤적은 행서도 예서도
아닌 초서체로 갈겨 쓴 일대기다. 그 일대기가 해독하기 어려
울 것은 자명하다. 더구나 초서체로 갈겨 쓴 일대기는 한평생
초야에 숨어 굴린 화두가 되고 최후로 남긴 한 행 절명시가
된다. 이처럼 지렁이가 온몸으로 긴 자국을 판독하는 것은 표
현이 달라지면서 점차 어려워진다.

그 판독이 어려운 일필휘지를
촉새 몇 마리 따라가며 읽는다
혀 짧은 부리로 쿡쿡 쪼아 맛본다
제멋대로 재잘대는 화려한 오독

각설이 지렁이의 몸보다 길다

'화려한'이 과연 '오독'에 붙을 수 있는 적절한 형용사인가?
'오독誤讀'은 잘못 읽는 것, 그릇된 해석이니, '화려한'은 부정을
강화하는 효과를 낳는다. 단순한 오독이 아니라 화려한 오독
은 그냥 잘못 읽는 것이 아니라 요란하게 잘못 읽는 것이다.
'화려한 오독'은 '제멋대로 재잘대는' 것이다. 알지도 못하는
것에 대해 각양각색으로 떠드는 촉새들의 해석이다. 촉새들
은 초야에 묻혀 유유자적한 지렁이에 대비되는 시정의 잡스
런 무리들이다. 촉새가 어찌 대붕大鵬의 뜻을 알겠는가. 제멋
대로 중구난방 열 입이 열 말을 하는 수밖에.

이처럼 '촉새 몇 마리 따라가며 읽는다'9행의 '읽는다'는 오
독과 직접 연결된다. 이어지는 '혀 짧은 부리로 쿡쿡 쪼아 맛
본다'10행는 9행의 반복이다. 읽는 것은 맛보는 것이다. 따라
가며 읽는 것은 쿡쿡 쪼아 맛보는 것이다. 먹는다고 하지 않고
맛본다 함이 각설과 잘 어울린다. 음식의 맛을 보기 위해서는
조금씩 먹으며 이런저런 평가를 하기 마련이다. 맛은 혀가 본
다. 그런데 그 맛을 혀 짧은 부리가 본다. 글의 해독은 머리와

가슴이 한다. 한평생 초야에 숨어 굴린 화두, 일대기, 한 행 절명시를 생각 짧은 머리와 정 없는 가슴이 읽는다. 그러니 쿡 쿡, 조금씩, 온갖 평가를 내뱉는 화려한 오독일 수밖에.

오죽 답답하고 지루했으면
隱者가 몸소 나와 배밀이 하랴
쉬파리떼 성가신 무더위에
벌겋게 달아오른 肉頭文字로.

오독을 하지 않으려면 해독할 문자, 글에 대한 정확한 이해가 선행해야 한다. 우리가 해독해야 할 것은 앞에서도 보았듯이 지렁이가 온몸으로 긴 자국, 초서체로 갈겨 쓴 일대기, 한평생 초야에 숨어 굴린 화두, 한 행 절명시, 일필휘지다. 그런데 은자隱者의 화두인 그것이 바로 육두문자肉頭文字라니!

「화려한 오독」에는 눈에 띄는 두 단어가 있다. 한자漢字로 쓰인 '隱者'와 '肉頭文字'가 그것이다. 은자와 육두문자는 둘 다 지렁이를 가리킨다. 칠월 땡볕 무더위에 설치는 시정잡배들 앞에 나타난 은자가 바로 벌겋게 달아오른 육두문자다. 이 시의 빛나는 부분은 마지막 두 행15, 16행이다. 은자는 초야에 묻혀 단 하나일대기, 한 행, 일필휘지, 화두로 삶을 말한다. 은자의 대척점에 제멋대로 재잘대는 촉새 몇 마리와 성가신 쉬파리 떼가 있다. 촉새들과 쉬파리 떼는 같은 의미망을 형성한다.

지렁이 ── 한 마리
촉새 ── 몇 마리
쉬파리 ── 떼

촉새와 쉬파리 무리 속을 한 마리 지렁이가 간다. 독야청청한 지렁이의 독행. 은자의 배밀이. 육두肉頭는 글자 그대로 살덩어리 지렁이의 모습을 떠올리게 한다. 육두문자는 지렁이면서 동시에 지렁이가 온몸으로 쓴 글이다.

육두문자 지렁이는 몸의 형태와 색, 땅속에 숨어 있다 나오는 행위로 남근을 연상시킨다. 초야에 묻힌 은자가 세상에 나오는 것은 숨어 있던 육두가 발기하는 것이다. '벌겋게 달아오른', 발기한 남근은 가장 원초적인 삶의 모습이며 역설적으로 은자의 심오한 화두다. 땡볕에 벌겋게 달아오른 지렁이는,

발기한 남근이 그렇듯, 한 행 절명시를 남기고 곧 죽을 것이다. 생명의 몸짓이 죽음의 몸짓이다.

우리는 저 기막힌 해학을, 벌겋게 달아오른 육두문자로 쓰는 일대기를 어떻게 읽어야 할까? 각설이 시보다 길다.

길은 바닥에 달라붙어야 몸이 열립니다

나는 바닥에서 몸을 세워야 앞이 열립니다

강둑의 길도 둑의 바닥에 달라붙어 들찔레 밑을 지나

메꽃을 등에 붙이고 엉겅퀴 옆을 돌아 몸 하나를 열고 있습니다

땅에 아예 뿌리를 박고 서 있는 미루나무는 단단합니다

뿌리가 없는 나는 몸을 미루나무에 기대고

뿌리가 없어 위험하고 비틀거리는 길을 열고 있습니다

엉겅퀴로 가서 엉겅퀴로 서 있다가 흔들리다가

기어야 길이 열리는 메꽃 곁에 누워 기지 않고 메꽃에서

깨꽃으로 가는 나비가 되어 허덕허덕 허공을 덮칩니다

허공에는 가로수는 없지만 길은 많습니다 그 길 하나를 혼자 따라가다

나는 새의 그림자에 밀려 산등성이에 가서 떨어집니다

산등성이 한쪽에 평지가 다 된 봉분까지 찾아온 망초 곁에 퍼질러 앉아

여기까지 온 길을 망초에게 묻습니다

그렇게 묻는 나와 망초 사이로 메뚜기가 뛰고

어느새 둑의 나는 미루나무의 그늘이 되어 어둑어둑합니다

산등성이 한쪽에 평지가 다 된 봉분까지
찾아온 망초 곁에 퍼질러 앉아
여기까지 온 길을 망초에게 묻습니다

1.

서정敍情은 외부 세계에 대해 자아가 느낀 감정을 중심으로 형성된다. 이때 외부 세계는 자아를 둘러싼 사람과 사물, 상황 등 모든 것을 포함한다. 서정적 양식은 자아를 밑바탕으로 시인의 주관적인 정서를 노래하기 때문에 본래 1인칭 양식이다. 서정적 양식에서는 작품 속의 인물인 시적 화자나 시인 스스로가 자신이 품은 어떤 감정이나 정서의 세계, 즉 내면 풍경을 노래한다. 이는 언어로 인간을 재현하는 문학을 세 가지 양태modes로 나눌 때 이미 규정된 것이다. 극이나 소설과 달리 시는 시인의 서정이 핵이라는 점에서 모든 시는 서정시라고 할 수 있다. 하지만 서정시가 단순히 정서의 환기에 그쳐서는 안 된다. 좋은 서정시는 외부 세계의 구체적이고 경험적인 사물과 사실을 통해 시인의 내면 풍경을 드러내야 한다. 그렇게 표현된 시인의 정서만이 독자로 하여금 미적 체험을 거쳐 마침내 세계에 대한 진정한 인식에 이르게 한다.

서정시에서는 외부 세계와 내면의 서정이 긴밀한 관련을 맺는다. 외부 세계의 세심한 묘사도 결국 내면의 서정을 드러내기 위한 것이다. 그렇기 때문에 서경시敍景詩와 서정시敍情詩

의 경계는 모호하다. 둘을 분명히 구분하는 것은 불필요하며 가능하지도 않다. 이런 이유로 서경시의 해석에는 표현론과 미메시스론을 결합한 융합론이 가장 적절하다고 본다. 표현론에 따르면 시는 사람의 감정과 정서, 지각 등의 내면 경험을 표현하고, 미메시스론에 따르면 예술은 현실의 모방 혹은 재현이다. 서경시에서 외부 풍경의 묘사는 어떤 방식으로든 시적 화자의 내면 풍경을 드러낸다. 뛰어난 시인은 탁월한 사생 능력을 갖춘 뛰어난 화가여야 한다. "풍경은 마음의 상태" 이기 때문이다. 우리는 한 편의 서정시에서 외부 풍경 묘사가 언제 내면의 서정과 관련되는가를 주목해야 한다. 그러기 위해서 독자는 기본적으로 서정시에서 시의 시간적 배경, 공간적 배경, 객관적 상관물시적 대상물, 객관적 상관물과 시적 화자의 정서적 관계 등을 살펴야 한다.

「둑과 나」는 시적 화자 '나'가 한 곳에 고정되어 외부 세계를

문학의 세 가지 양태는 극적 모방(épos, 극적, 구비 서술적, 또는 서사), 혼합 서술(fiction, 문자 서술적, 또는 허구), 순수 서술(lyrique, 자신을 위해 노래된, 또는 서정)이다. G. Genette, *Introduction à l'architexte*, éd. du Seuil, 1979, p.75. 참조.

관찰하는 서경 중심의 회전 시점을 택하고 있다. 서경적 회전 시점의 축은 물리적 공간에서의 관찰이다. 이런 시점에서는 시적 화자인 '나', 즉 관찰자의 가시권 안에 있거나 있을 수 있는 것만 묘사가 가능하다. 서경적 회전 시점의 선택은 「둑과 나」의 시적 화자가 숨어 있는 내포 화자가 아니라 '나'로 드러나 있기 때문에 시적 긴장을 유지하는 데 효과적이다. 사실 전형적인 서정시의 형태는 「둑과 나」처럼 시적 화자가 '나'로 드러나는 독백 유형이다. 문제는 이 경우 지나치게 주관적인 감상이나 관념에 빠질 위험이 있다는 것이다. 그렇게 되면 시적 화자 '나'는 자신의 내면 풍경을 아무 여과 없이 직접적으로 과장되게 토로할 수 있다. 이런 위험을 효과적으로 피하려면 내면의 서정을 외부 풍경, 객관적 상관물에 이입시켜 간접적으로 말하는 것이 필요하다.

시에서 객관적 상관물은 시인의 정서를 가시화하고 구체화해 주는 일련의 사물, 상황, 사건을 뜻한다. 서정시에서 묘사는 시인의 내면 정서를 정서적 등가물인 객관적 상관물을 통해 가시화하는 언술의 형식이다. 그래서 묘사의 적절성은 정서적 등가물에 대한 관찰의 섬세함과 사실성에 근거한다.

서정은 심리적, 정서적 삶이라고 할 수 있다. 「둑과 나」는 노년에 이른 시인이 지나온 삶을 돌아보고 앞으로의 삶을 성찰하는 서정시다. 「둑과 나」에는 지난 삶의 과정과 삶의 길 끝에 앞으로 맞이할 노년, 죽음이 가시화되어 있다. 그런데 시인은 지난 삶에 대한 회한이나 노년, 죽음 등에 대한 정서를 직설적으로 말하지 않는다. 「둑과 나」에서 시적 화자 '나'는 삶이라는 길에 대한 인식과 자각을 구체적이고 경험적인 사실인 둑길 풍경을 묘사함으로써 표현하고 있다. 다시 말해 이 시는 오로지 시적 화자의 가시권에 있는 사물을 통해서만 삶의 여로에 대한 서정을 드러낸다.

시에서 사실적 존재인 객관적 상관물은 외부 세계에 있는 사실 그 자체가 아니라 시인이 감각으로 인식한 미적 지각의 등가물이다. 그래서 시 속으로 들어온 사실적 존재는 사실이 아니라 시인의 서정을 구체화하는 형상적 존재가 된다. 시인은 이런 형상화를 통해 말한다. 「둑과 나」에서도 마찬가지다. 시적 화자 '나'는 외부 세계 전체를 묘사하지 않는다. 그것은 불가능하다. 그는 보이는 것 중 어떤 것은 묘사하고 어떤 것은 묘사하지 않는다. 그가 묘사하지 않은 것은 존재하지 않는 것과 같다. 어떤 시의 객관적 상관물은 시적 화자가 의도적으로 선택한 것이다. 그래서 시 안의 사실을 배제와 선택의 사실이라고 한다. 예컨대 「둑과 나」에서 둑길 옆에 피어 있는 꽃들, 더 나아가 둑길 옆에 있는 온갖 사물들 중에서 시적 화자가 특별히 메꽃, 깨꽃, 엉겅퀴 따위를 묘사한 것은 나머지를 배제했음을 의미한다. 우리는 그가 왜 그 사물들을 선택했는지 생각해야 한다. 시적 화자는 그가 선택한 사물들을 통해 자신의 서정을 표현하기 때문이다. 우리가 한 편의 서정시에 있는 시적 대상물들을 꼼꼼히 살펴야 하는 이유가 바로 이것이다.

2.

「둑과 나」는 전체 16행으로 된 자유시로 모든 행이 '~ㅂ니다~습니다'의 평서문으로 이루어져 있다. '~ㅂ니다'는 '하오' 할 자리에 붙는 끝맺는 어미로, 용언의 어간에 붙어서 어떤 동작이 현재 계속되고 있음을 나타낸다. '하오'체는 화자話者가 청자聽者를 조금 높일 때나 그리 가깝지 않은 사람에게 쓰는 말씨며, 평서문은 알다시피 어떤 사실을 있는 그대로 말하는 것이다. 그러니까 「둑과 나」는 시적 화자 '나'가 시인 자신을 포함한 독자에게 '하오'체를 써서 어떤 사실을 있는 그대로 말하는 것이다. 여기서 '하오'체는 시적 화자 '나'가 서정을 여과 없이 표출하지 않도록 자신과 독자에 대해 적당한 거리 두기를 하는 데 적절해 보인다. 또한 길, 가는 길, 여는 길, 삶의 여로를 노래하는 시에서 '~ㅂ니다' 어미의 마침표가 없는 평서문 시행들은 문장 자체, 행 자체가 죽 이어진 길을 연상시켜, 시를 읽는 독자들로 하여금 완만하고 끊김 없는 길을 가는 느낌을 갖도록 한다. 이제 「둑과 나」를 좀 더 세심히 읽음으로써 그 길이 어떤 길인지 함께 가 보자.

❶ 길은 바닥에 달라붙어야 몸이 열립니다
❷ 나는 바닥에서 몸을 세워야 앞이 열립니다
❸ 강둑의 길도 둑의 바닥에 달라붙어 들찔레 밑을 지나
❹ 메꽃을 등에 붙이고 엉겅퀴 옆을 돌아 몸 하나를 열고 있습니다
❺ 땅에 아예 뿌리를 박고 서 있는 미루나무는 단단합니다

「둑과 나」의 16행 중 1, 2, 5행은 일반적인 사실을 말하고

있다. 그것은 시적 화자의 눈에 보인 시적 대상물에 대한 묘사라기보다 진술에 가깝다. 묘사는 1, 2, 5행의 진술 이후 그 진술을 토대로 이어진다. 묘사가 사실적인 풍경 이미지를 형성하고 그 이미지가 시적 화자의 내면을 드러낼 때 독자들은 사실적인 시적 이미지를 내면 풍경인 서정과 연결시켜 해석할 수 있다.

　일반적인 사실에 대한 진술인 1, 2, 5행 중 1행은 모든 길에 대한 사실의 진술이다. 여기서 한 가지 주의할 것은 일반적인 사실의 진술에 의인화personification, 活喩가 쓰였다는 점이다. 잘 알려졌듯이 의인화는 인간이 아닌 사물이나 추상 개념에 인간적인 요소를 부여하여 표현하는 비유법이다. 사물이나 추상 개념 같은 대상은 의인화되었을 때 대부분 시적 화자의 감정이 이입되어 생동감을 갖는다. 이처럼 길을 의인화시킨 1행의 진술에 근거해 3, 4행의 묘사가 이어진다. 그러니까 순서를 따라가면 (1행)보편적이고 일반적인 모든 길은 바닥에 나 있고, 바닥을 따라 앞으로 이어진다의인화된 '길은 바닥에 달라붙어야 몸이 열립니다'로 진술된다. (3, 4행)강둑의 길특정 길도 길이기 때문에 둑의 바닥특정 바닥에 나 있고, 둑의 바닥을 따라 앞으로 이어진다 보편적인 길이 의인화되었기 때문에 특정한 '강둑의 길도 둑의 바닥에 달라붙어 몸 하나를 열고 있습니다'라고 묘사된다. 일반적인 길이 바닥에 달라붙어 '몸'을 연다면, 특정한 강둑의 길은 특정한 둑의 바닥에 달라붙어 특정한 '몸 하나'를 연다. 1행의 일반적인 진술은 누구나 할 수 있지만, 3, 4행의 구체적이고 경험적이고 사실적인 특정한 길에 대한 서경적 묘사는 반드시 그것을 보는 시선이 있어야 가능하다. 그렇다면 들찔레와 메꽃과 엉겅퀴가 피어 있는 강둑의 길을 보고 있는 시선은 누구의 것인가. 잠시 의문에 대한 답을 유보하고 시를 계속 읽어 보자.

2행은 시적 화자인 '나'에 대한 진술이지만 '나'뿐 아니라 모든 사람이 처한 일반적인 상황에 대한 진술이기도 하다. 사람은 길과 달리 몸을 세워야 앞을 볼 수 있다. 바닥에 달라붙으면 시선이 허공이나 땅을 향할 수밖에 없다. 사람의 시선은 몸을 세울 때 앞을 향하게 되고 그럴 때 묘사도 가능해진다. 이 시의 묘사도 마찬가지다. 「둑과 나」의 서경적 묘사는 2행의 시적 화자 '나'가 몸을 세워 앞을 볼 수 있을 때6, 7행 가능해진다. 이렇게 우리는 6, 7행을 읽었을 때 비로소 3, 4행의 길에 대한 묘사가 바로 '나'의 시선에 의한 것임을 알 수 있다. 들찔레와 메꽃과 엉겅퀴가 피어 있는 강둑의 길을 보고 있는 시선은 시적 화자 '나'의 시선이다. 그런데 몸을 세워 앞을 보는 '나'는 세운 몸을 스스로의 힘으로는 지탱할 수 없다. '나'가 어떻게 몸을 계속 세우고 있는지 말하기 위해 또 다른 시적 대상물인 '미루나무'에 대한 사실의 진술이 5행에 나온다. 5행 역시 '미루나무'에 대한 진술이지만 일반적인 나무에 대한 진술이기도 하다.

❻ 뿌리가 없는 나는 몸을 미루나무에 기대고
❼ 뿌리가 없어 위험하고 비틀거리는 길을 열고 있습니다

뿌리가 땅에 단단히 박힌 미루나무는 흔들림 없이 서 있다 5행. 그런 미루나무와 달리 '뿌리가 없는 나'는 제대로 서 있을 수 없다6행. 사람에게는 땅에 박힌 뿌리가 없는 대신 땅을 딛고 설 수 있는 '다리'가 있다. 하지만 사람의 다리는 나무의 뿌리와 다르다. 땅에 박힌 뿌리는 나무를 고정시켜 나무의 공간 이동이나 흔들림을 막는다. 「둑과 나」에서 나무의 뿌리는 나무에게 물과 양분을 공급해서 생명을 유지시켜 주는 일

반적인 속성으로 인식되지 않는다. 뿌리는 흔들림과 이동으로 나타나는 움직임의 반대 항으로 인식된다. 이런 인식은 더 나아가 뿌리가 삶에 대한 확고부동한 신념 등을 뜻하는 것으로 확산될 수 있다. 반면에 「둑과 나」에서 시적 대상물로 드러나 있지는 않지만 시선이 대신하는 사람의 다리는 이런 뿌리에 대응한다. 사람의 다리는 나무의 뿌리가 아니다. 사람은 다리만 있으면 어디든 갈 수 있다! 다리는 부동의 조건이기는커녕 움직임과 흔들림의 근본 원인이 된다. 그래서 뿌리가 없는 '나'는 바닥에서 몸을 세운 뒤 다시 엎어지지 않기 위해 뿌리가 있는 미루나무에 기대서서 앞을 본다. 그런 '나'의 시선에 보이는 풍경, 그 속의 길은 뿌리가 없어 제대로 서 있지 못하고 위험하게 비틀거리며 흔들리는 '나'의 속성이 이입되어 위험하고 비틀거린다. 이제 '나'가 이입된 '나'의 시선, 그 시선이 다리가 되어 길을 간다6, 7행.

3.
　「둑과 나」에서 '둑'은 ❶둑길, ❷둑의 미루나무로 표상되고, '나'는 ❶둑길의 나시선에 의해 길을 가는 나, ❷둑의 나미루나무에 기댄

나로 표상된다. '둑'의 ❶둑길은 '나'의 ❶둑길의 나와 대립하고, '둑'의 ❷둑의 미루나무는 '나'의 ❷둑의 나와 대립한다.

'나'는 길과 달리 바닥에 달라붙지 않고, 미루나무와 달리 뿌리가 없다. 뿌리가 있는 미루나무는 단단하여 흔들림이 없지만 뿌리가 없고 바닥에 달라붙지 않는 '나'는 위험하게 비틀거리며 언제 쓰러질지 모른다. 뿌리가 없는 것은 '나'의 치명적 약점을 넘어 '나'의 존재를 위태롭게 하는 조건이다. 그런데 흔들림 없이 한 곳에 고정된 삶이 삶인가? 부유하지 않는 것이 사람인가? 우리 모두 비틀거리며 삶을 살지 않는가? 삶이란 그런 것이 아닌가? '나'가 묘사의 주체임에도 불구하고 1행에서 7행까지는 '나'가 중심이 아니라 의인화된 강둑의 길이 하나의 주체, 생명체처럼 역동적으로 묘사된다. 강둑의 길에 대한 묘사가 엉겅퀴 옆을 도는 데까지 이어진 다음에야 시선은 다시 '나'에게로 돌아온다.

위험하고 비틀거리는 '나'의 길은 8행부터 시작된다. 그 이전, 바닥에 달라붙어 막힘없이 몸을 열고 있는 둑길을 묘사한 1행에서 7행까지를 논리적 순서대로 재배열하면 다음과 같다.

길은 바닥을 따라 죽 이어진다. 사람은 바닥에서 일어서야 앞을 볼 수 있다. 미루나무는 땅에 뿌리를 내리고 단단히 서 있다. 사람인 '나'는 바닥에서 몸을 세워도 어디 기대지 않으면 제대로 서 있을 수 없다. 뿌리가 없기 때문이다. 그래서 '나'는 뿌리가 있는 미루나무에 기대서서 앞을 보고 있다. 그

 오규원의 다른 시를 읽어 보자.

살아 있는 것은 흔들리면서
「순례 11」

살아 있는 것은 흔들리면서
튼튼한 줄기를 얻고
잎은 흔들려서 스스로
살아 있는 몸인 것을 증명한다.

바람은 오늘도 분다.
수만의 잎은 제각기
몸을 엮는 하루를 가누고
들판의 슬픔 하나 들판의 고독 하나
들판의 고통 하나도
다른 곳에서 바람에 쏠리며
자기를 헤집고 있다.

피하지 마라
빈 들에 가서 깨닫는 그것
우리가 늘 흔들리고 있음을.

런 '나'의 눈에 강둑의 길이 보인다. 둑의 바닥에 나 있는 길이 '나'에게는 마치 둑의 바닥에 달라붙어 몸을 열고 있는 듯 보인다. 그 길가에 들찔레, 메꽃, 엉겅퀴가 차례로 피어 있다. 강둑의 길은 엉겅퀴가 핀 데서 꺾어진다. '나'의 시선은 강둑의 길이 꺾여지는 곳, 그러니까 엉겅퀴가 핀 곳에서 더 이상 나아가지 않고 '나'에게 돌아온다. 그런데 강둑의 길을 묘사할 때는 거침없던 '나'의 시선이 돌연 흔들린다. 뿌리가 없어 위태롭게 흔들리며 서 있는 '나'가 시선에 이입되었기 때문이다. 이제 '나'처럼 위험하고 비틀거리는 '나'의 시선이 '나'의 다리가 되어 강둑의 길이 아니라 '나'의 길을 간다.

❽ 엉겅퀴로 가서 엉겅퀴로 서 있다가 흔들리다가
❾ 기어야 길이 열리는 메꽃 곁에 누워 기지 않고 메꽃에서
❿ 깨꽃으로 가는 나비가 되어 허덕허덕 허공을 덮칩니다

8행부터 강둑의 길에 대한 객관적인 묘사가 사라지고 시적 화자인 '나'의 길, 내가 여는 길에 대한 묘사가 나온다. '나'의 몸은 지금 강둑의 미루나무에 기대서 있지만, 의식은 시선을

따라 길을 간다. 이때 서경적 묘사를 따라 열리는 길은 의식의 추체험, 삶에 대한 반성에 다름 아니다. 이제 진술의 중심은 '길'외부 풍경 묘사에서 '나'나의 의식, 서정, 반성적 성찰로 옮겨진다. '나'의 길, 내가 가는 길은 당연히 바닥에 한정되지 않는다. 시선을 따라 의식이 열어 가는따라가는 길은 바닥과 같이바닥에 달라붙어 가는 길과 달리 공중으로 날아오르기도 하고, 땅으로 추락하기도 하면서 이리저리 위험하게 비틀거린다. 여기서 우리는 8행 이후의 서경적 묘사가 사실은 '나'가 갔던 길, 가는 길, 가야할 길, 한마디로 삶의 길을 나타낸다는 것을 알 수 있다. 그 길은 '나'라는 존재의 모든 것을 은유한다. 이제 시적 화자 '나'는 지금까지 왔던 길을 돌아보는 것을 시작으로 자기 삶의 길을 성찰하려 한다. 그 길, 시선에 이입된 '나'의 길이 끝날 때, 지금까지 왔던 길과 함께 앞으로의 길, 삶의 여정도 끝날 것이다.

관찰자의 시선으로 엉겅퀴가 있는 데까지 강둑의 길을 따라가던 '나'는 이후 시선이 닿은 시적 대상물에 차례로 자신을 이입시키며 이동한다. 그 이동 경로는 지금까지 따라가던 둑의 길을 역행하는 것으로 시작된다. '나'의 시선을 따라 죽 앞으로

나아가던 강둑의 길을 되돌아오는 것, 지금까지 지나간 길을 역행하는 것, 시선의 역행, 그것은 바로 반성의 시작이다.

'나'의 시선이 보는 둑의 길에 대한 묘사가 시선 속에 이입된 '나'의 이동으로 전환되는 부분이 8행이라고 했다. '나'는 8행에서 엉겅퀴를 보는 '나'의 시선이 되어 엉겅퀴가 된다. 엉겅퀴가 되어 서서 흔들리던 '나'는 지금까지 갔던 길을 되짚어오며 메꽃이 되고 만일 메꽃이 되어 기었다면 다시 둑의 길에 대한 묘사가 나올 것이다, 메꽃에 앉은 나비가 되어, 메꽃에서 깨꽃으로 가려고 힘겹게 허공을 난다 8, 9, 10행. 여기서 잠시 '깨꽃'에 주목해 보자. 앞에서 한 편의 시에 들어 있는 시적 대상물은 시적 화자의 의도적인 선택과 배제에 의한 것이라고 했다. 「둑과 나」에서 시적 화자 '나'는 1행에서 7행까지 강둑의 길을 묘사할 때 '깨꽃'을 배제했다. 그런 그가 자신의 길을 갈 때 '깨꽃'을 선택한다. 깨꽃은 메꽃보다 키가 크다. 둑 바닥에 달라붙어 몸을 여는 길의 묘사에는 깨꽃이 어울리지 않는다.

허공에는 길이 많다. 사실 무한대라고 할 수 있다. 그것을 시인은 허공이어서 길이 많은 것이 아니라, '가로수는 없지만 길은 많다'라고 진술한다. 이 말을 뒤집어 보면 땅에는 가로수가 있어야 길이 있다. 「둑과 나」에서 가로수는 미루나무로 표현된다. 미루나무는 시적 화자 '나'가 시 속에서 시종 기대어 서 있는 나무로 '나'의 몸을 세울 수 있는 필요조건이다. 땅에서 '나'는 가로수가 없으면 몸을 세울 수 없어 길을 갈 수 없다. 땅의 '나'는 가로수에 기대야만 위험하고 비틀거리는 길일망정 열 수 있다. 땅에서는 가로수<small>지주</small>가 있어야 앞이 열린다<small>길이 있다</small>. 그래서 가로수는 없지만 길은 많으려면, '나'가 땅을 벗어나야 한다.

뿌리가 없어 흔들리고 비틀거리는 것은 달리 보면 자유로운 이동의 가능성을 말한다. 부유가 곧 자유다. 꽃이나 나무처럼 뿌리가 있거나, 길처럼 뿌리가 없어도 바닥에 달라붙어 가는 것은 부유하지 않는다. 자유와 연결된 흔들림, 비틀거림, 부유는 상승하는 이미지인 비상으로 확대될 수 있다. 그 가장 긍정적인 이미지가 새의 비상으로, 새의 비상은 종종 영혼의 자유로운 비상을 나타낸다.

비상은 다른 것이 아니다. 비상은 땅에서 날아오르기이다. 미루나무에 기댄 시적 화자 '나'는 엉겅퀴에서 강둑의 길을 버리고 메꽃으로 간다. 바닥의 키 작은 메꽃으로 간 '나'는 키 큰 깨꽃으로 가는 나비가 되어 허공을 난다. 메꽃→깨꽃→나비, 시선은 점차적으로 수직 상승 이동한다. 시적 화자가 강둑의 길을 묘사할 때 배제했던 깨꽃을 '나'의 길을 묘사할 때 선택한 이유가 바로 이것이다. 가로수에 기대지 않고도 앞을 열수 있는 '나', 비상한 '나나비'에게 허공에는, 갈 수 있는 무수한 길이 있다. '나'는 그중 한 길을 따라간다. 사실 갈 수 있는 길의 가능성은 몸에 있는 눈 때문에 한정적이다. 갈 수 있는 길은 시선이 볼 수 있는 범위에서만 가능하며 또한 의식을 의탁할 시적 대상물이 있어야 가능하다. 우리가 삶에서 선택할 수 있는 길은 단 하나뿐이다. 무수한 길이 우리가 가지 않은 길, 가지 못한 길로 남는다. 누구나 그렇듯이 시적 화자 '나'는 삶의 매 순간 선택과 후회와 반성을 하며 단 하나의 길을 갔고, 가고 있고, 갈 것이다. 그가 선택한 길은 어떤 길이고, 그 길의 끝에는 무엇이 있을까.

4.

한 편의 시에 쓰인 시어들은 반복이나 대칭 등을 통해 그시만의 운율과 의미를 형성한다. 「둑과 나」에도 그런 역할을 하는 시어들이 있다.

1행과 2행은 '몸'과 '열립니다'를 반복하면서 수평_{달라붙다}과 수직_{세우다}의 대칭을 형성한다. 3, 4행에서 둑의 길 역시 몸을 여는 1행의 길과 연결되어 몸을 열고 있다. 그런데 6, 7행의 '나'는 몸을 세워 '앞'을 여는 2행의 '나'와 연결되어 몸을 세우고 '길'을 열고 있다. 여기서 우리는 '앞'과 '길'이 같은 것임을 알 수 있다. 다시 말해 시선이 '앞'을 보는 것은 '나'가 '길'을 가는 것이다. 5행의 '뿌리를 박고'와 '서 있는'은 각각 6행의 '뿌리가 없는'과 1행의 '달라붙다', 2행의 '세우다'로 연결되고, 4행의 '몸 하나'는 1행의 '길 하나'로 연결된다. 7행의 '위험하고 비틀거리는'은 이어지는 8행의 '흔들리다가'로 연결된다. 12행의 '새의 그림자'가 16행의 '미루나무의 그늘'과 짝을 이루면서 '새의 그림자' 속에 들어간 '나비'는 '미루나무의 그늘' 아래 서 있는 '나'와 짝을 이룬다. 마찬가지로 15행의 '묻는 나'에 16행의 '둑의 나'가 대응한다.

❶ 허공에는 가로수는 없지만 길은 많습니다 그 길 하나를 혼
자 따라가다

⑫ 나는 새의 그림자에 밀려 산등성이에 가서 떨어집니다

⑬ 산등성이 한쪽에 평지가 다 된 봉분까지 찾아온 망초 곁에 퍼질러 앉아

⑭ 여기까지 온 길을 망초에게 묻습니다

⑮ 그렇게 묻는 나와 망초 사이로 메뚜기가 뛰고

⑯ 어느새 둑의 나는 미루나무의 그늘이 되어 어둑어둑합니다

시적 화자 '나'와 관련된 술어는 움직임과 불안정 등을 나타내는 '세우다', '기대다', '서 있다', '흔들리다' 등을 거쳐 마침내 13행에서 '앉다'에 귀착된다. 앉는 것도 그냥 사뿐히 앉는 것이 아니라 퍼질러 앉는다. 13행의 '나'는 지쳐 다시 일어나지 못할 것 같다. 퍼질러 앉은 '나'의 길은 이제 끝났다. 화자는 더 이상 길을 가지 않는다. 길을 가지 않기 때문에 '나'는 비틀거리지도 흔들리지도 않는다. 13행에 이어지는 14행의 '여기까지 온 길'이라는 표현 또한 이제 길이 끝났음을 보여 준다.

외연적 의미에서 모든 '길'은 동일하다. 하지만 내포적 의미는 다르다. 14행의 '여기까지 온 길'에서 '길'은 삶의 여정을 말함이 분명하다. 시적 화자 '나'의 삶의 여정은 8행에서 시작되

었다. 지금 '나'는 삶의 여정이 끝난 때, 길의 끝에 있는 미래의 '나'를 본다. 그 미래의 '나'가 봉분 속의 '나'로 형상화되어 있다. 그렇기 때문에 여기까지 온 길을 망초에게 묻는 15행의 '나'와 망초 사이는, 평지가 다 된 봉분과 그 곁에 핀 망초 사이를 뜻한다. 거기에서 메뚜기가 뛴다. 「둑과 나」에서 새, 나비, 메뚜기의 날개는 나무의 뿌리에 대응한다. 새, 나비, 메뚜기는 나무처럼 한 곳에 붙박여 있지 않고 자유롭게 이동한다. 뿌리를 가진 꽃은 이동할 수 없지만 나무에 비해 상대적으로 약한 뿌리를 지녀 단단하게 서 있지 못하고 흔들리는 약한 존재다. '나'는 꽃이 되기는 하지만8행, '엉겅퀴로 서 있다가 흔들리다가' 결코 나무가 되지는 못한다. 새와 나비, 메뚜기를 살펴볼 때, 12행부터 시적 화자의 시선은 새에서 나비로, 나비에서 메뚜기로 이동한다. 메뚜기는 나비에 비해, 나비는 새에 비해 비상하기에 상대적으로 열등한 날개를 가졌다. 봉분 속에 있는 미래의 '나'에 이르는 '나'의 시선 이동은 새→나비→메뚜기를 통해 자연스럽게 하늘에서 땅으로 내려온다.

사실 나비의 추락은 예견된 것이었다. 시적 화자 '나'는 10행에서 처음으로 나무와 꽃에 의지하지 않고 자유롭게 비상할 수 있는 '나비'가 된다. 그런데 그 나비가 고작 '허덕허덕 허공을 덮친다'. '나'의 최초의 비상은 하늘로 가볍게 날아오르는 것이 아니다. '나'는 날 수 있는 생물 중에서 아주 약하고 작은 '나비'가 되었기 때문이다. 그래도 산등성이까지 '허덕허덕' 날아간 나비가 나는 '새'를 만난다. 새는 완전한 비상이 가능한 존재다. 시적 화자 '나'는 지금까지 그래왔듯이 새로 만난 시적 대상물에 자신을 이입시켜 새가 될 수도 있었을 것이다. '나'가 젊은이였다면 나비는 새가 되어 보다 넓은 세상, 산 너머 미지의 세계로 날아가고, 서경적 묘사도 끝났을 것이다. 「둑과 나」의 시적 화자는 인생의 노년에 이른 사람이다. 그는 나비에서 새로 이동하기는커녕 새의 그림자에 밀려 떨어진다. 인간 존재의 허약함과 삶의 눈물겨움을 아는 그, 그는 어쩌면 이제 더 이상 날 힘이 없는지도 모르겠다.

시적 화자 '나'의 시선이 가는 길은 나는 새의 그림자에 밀려 떨어진 나비에서 산등성이 한쪽에 있는 평지가 다 된 봉분으로, 다시 그 봉분 옆에 핀 망초로 이어진다. 그런데 엉겅퀴가 되고 나비가 되었던 '나'는 망초가 되지 않고 망초 곁에 퍼질러 앉는다. 망초는 봉분까지 고맙게도 '찾아온' 꽃이다. '찾아왔다'는 표현에서 우리는 '나'가 더 이상 길을 갈 수 없는 존재가 되었음을 알 수 있다. '나'는 꽃으로 가서 꽃이 될 수 없는 상태이기 때문에 꽃이 '나'를 찾아올 수밖에 없다. 망초가 될 수 없는 '나'는 어떤 시적 대상물이 된 것일까. 망초가 봉분 옆에 핀 것을 생각하면 망초 곁에 퍼질러 앉은 것은 당연히 평지가 다 된 봉분이다. 그러니 '여기까지 온 길'을 망초에게 묻는 '나'는 무덤 속의 '나'다14행. 14행에서 '길'은 분명히 삶의 여정을 나타내는 보편적인 상징이 된다. 15행의 '그렇게 묻는 나'는 삶을 다 산 뒤, 그 삶에 대해 반성적 성찰을 하는 무덤 속의 '나'다. 그런 '나'의 무덤과 망초 사이에 메뚜기가 뛴다. 그런데 우리가 여전히 잊지 말아야 할 것은 15행의 평화로운 무덤가 풍경을 바라보는 시선이다. 그 시선은 그 사이삶의 길을 가는 사이 날이 저물어 어둠이 내리는황혼에 이른 시간, 미루나무에 기대어 서 있는 '나'의 시선이다. '나'를 바라보는 사람은 바로 '나'다. 이제 날이 어두워져 미루나무 아래가 어둑어둑해진다. 그 풍경을 시인은 미루나무에 기대서 있는 '나'가 미루나무의 그늘이 되어 '어둑어둑하다'고 표현한다16행. 16행에서 하루는 길과 함께 삶의 여정을 나타내는 은유가 된다. 머지않아 밤이 되면 아무것도 보이지 않을 것이다. 묘사가 끝나고 시도 끝날 것이다.

길과 하루가 삶의 여정을 나타내는 것은 매우 흔하다. 관습적인 상징과 은유를 사용한 「둑과 나」의 새로움은 바로 그 관습적인 상징과 은유에 이르는 과정의 새로움이다. 일관된 서경적 묘사로 이루어진 「둑과 나」의 시적 공간과 시간은 삶의 여정에 대한 시적 화자의 서정을 탁월하게 보여 준다. 다시 한 번, 좋은 시는 사실적이고 구체적인 관찰을 통해 대상을 섬세하게 묘사해야 한다는 것을 일깨운다. 삶에 대한 철학적이고 관조적인 성찰은 시적 대상물을 언어로 가시화하는 적절한 묘사, 구체적이고 경험적이고 사실적인 묘사를 통해 가능해지기 때문이다. 언제나 그렇듯이 시는 언어로 된 이미지이기 때문이다. 「둑과 나」는 외부 풍경 묘사에서 내면의 서정으로 이행하지 않고, 풍경 묘사 자체가 그대로 내면의 서정이 되는 깊이를 보여 준다. 미루나무에 기대선 시적 화자 '나'가 시선을 이동시켜 평지가 다 된 봉분까지 가서 묘사하는 평화로운 풍경은 자기 삶의 끝을 보는 '나'의 내면 풍경이 된다. 그래서 '여기까지 온 길'이 독자에게 큰 울림을 준다.

「둑과 나」에서 '나'는 삶을 다 살고 땅에 묻힌 미래의 '나'를 본다. '나'는 허공의 무수한 길, 가로수가 없어서 기댈 데도 없는 길, 그중 하나를 걸어서 그곳에 이르렀다. 그렇게 '나'는 땅이 되었다^{'평지가 다 된 봉분'}.

'나'/길은 수직/수평으로 대립했다. 수직/수평의 대립은 나무/길에서 반복됐다. 길에 대해 수직으로 대립했던 '나'는 나무에 대해서는 뿌리의 부재로 인해 비상/수직으로 대립했다. 바닥에 달라붙거나 땅에 뿌리를 박는 존재는 결코 땅으로부터 자유로울 수 없다. '나'는 비상했다가 다시 땅으로 돌아왔다. '나'는 바닥에 달라붙지도, 땅에 뿌리를 박지도 않고 땅이 되었다. '나'가 땅이 되는 과정인 삶의 여정을 미루나무에 기대선 '나'가 성찰한다^{'여기까지 온 길을 망초에게 묻습니다'}.

마지막 16행에서 현재의 '나'^{미루나무의 '나'}, 과거의 '나'^{둑길의 '나'}, 미래의 '나'^{길 끝 무덤의 '나'}가 모두 현재의 '나'로 수렴된다. 지금, 이곳의 '나', 미루나무에 기대선 '나'는 어둠이 내리는 시각, 삶의 황혼기에 이른 사람이다. 위험하게 흔들리며 살아온 과거의 '나'를 나타내는 부사 '허덕허덕'과 황혼에 이른 지금의 '나'를 나타내는 형용사 '어둑어둑'은 모음과 자음의 조화가 뛰어나다. 이 시의 기막힘은 무엇보다 죽은 '나', 무덤의 '나'를 보는 현재 '나'의 시선이다. 죽은 '나'가 묻힌 무덤가 풍경을 묘사하는 시적 화자의 담담하고 예사로운 어조, 그 묘사를 통해 드러나는 한가로움, 무덤덤함, 평화로움의 정서는 아무나 흉내 낼 수 없다. 「둑과 나」는 철학적이고 관조적인 정서를 구체적이고 경험적이며 사실적인 시적 대상물을 통해 드러내는 좋은 시이다.

001-018 『시를 읽는 즐거움』 그림 노트

001 묵화

김선두 作, 「묵화」, 2007
1600×1200mm

002 토막말

김선두 作, 「토막말」, 2007
900×600mm

003 호수

김선두 作, 「호수」, 2007
455×535mm

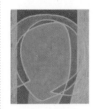

004 서리

김선두 作, 「서리」, 2007
535×455mm

005 나막신

김선두 作, 「나막신」, 2007
900×600mm

006 시계풀의 편지·1

김선두 作, 「시계풀의 편지·1」, 2007
535×455mm

007 초봄

김선두 作, 「초봄」, 2007
600×900mm

008 모든 길이 노래더라

김선두 作, 「모든 길이 노래더라」, 2007
1600×1200mm

009 수면 위에 빛들이 미끄러진다

김선두 作, 「수면 위에 빛들이 미끄러진다」, 2007
600×900mm

010 보림사 참빗

김선두 作, 「보림사 참빗」, 2007
605×905mm

011 쓸쓸한 물

김선두 作, 「쓸쓸한 물」, 2007
650×950mm

012 미모사 · 1

김선두 作, 「미모사」, 2007
535×455mm

013 그리움엔 길이 없어

김선두 作, 「그리움엔 길이 없어」, 2007
905×605mm

014 소곡

김선두 作, 「소곡」, 2007
2435×970mm

015 상생

김선두 作, 「상생」, 2007
605×905mm

016 빈집 두 채

김선두 作, 「빈집」, 2007
900×600mm

017 지렁이 두 마리

김선두 作, 「화려한 오독」, 2007
720×600mm

018 둑과 나

김선두 作, 「둑과 나」, 2007
1200×1600mm

시를 읽는 즐거움

초판 1쇄 발행일 · 2007년 9월 20일
초판 2쇄 발행일 · 2011년 6월 20일
지은이 · 이윤옥
펴낸이 · 임성규
펴낸곳 · 문이당

등록 · 1988. 11. 5. 제 1-832호
주소 · 서울시 성북구 동소문동 4가 83 청구빌딩 3층
전화 · 928-8741~3(영) 927-4990~2(편)
팩스 · 925-5406
ⓒ 이윤옥, 2007

홈페이지 http://www.munidang.com
전자우편 webmaster@munidang.com

ISBN 978-89-7456-448-3 03810